Bianca

UNA NOCHE DE CUENTO DE HADAS
JULIA JAMES

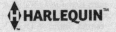

Editado por Harlequin Ibérica.
Una división de HarperCollins Ibérica, S.A.
Núñez de Balboa, 56
28001 Madrid

I.S.B.N.: 978-84-9170-590-1
Depósito legal: M-905-2018
Impresión en CPI (Barcelona)
Fecha impresion para Argentina: 3.9.18
Distribuidor exclusivo para España: LOGISTA
Distribuidor para México: Distibuidora Intermex, S.A. de C.V.
Distribuidores para Argentina: Interior, DGP, S.A. Alvarado 2118.
Cap. Fed./Buenos Aires y Gran Buenos Aires, VACCARO HNOS.

Capítulo 1

MAX VASILIKOS se sentó en el sillón de cuero tras su escritorio, se echó hacia atrás y estiró las piernas.

–Bien, ¿qué me trae? –le preguntó a su agente inmobiliario del Reino Unido.

Este le tendió un taco de folletos en color.

–Creo que aquí hay unas cuantas propiedades que le interesarán, señor Vasilikos –le dijo con aire esperanzado.

De entre todos sus clientes, Max Vasilikos era uno de los más exigentes.

Max ojeó brevemente la portada de todos los folletos, pero sus ojos oscuros se detuvieron en una en particular.

Era una casa en la campiña inglesa, construida en piedra caliza de un cálido color miel, con glicinias violetas colgando sobre el porche. Estaba rodeada por verdes jardines y bosque, y se vislumbraba a lo lejos un lago. Bañado por el sol, todo el lugar tenía un atractivo especial que le hizo desear ir a inspeccionarlo en persona.

Levantó el folleto para mostrárselo a su agente y le dijo con decisión:

–Esta; quiero saber más sobre esta propiedad.

Ellen se detuvo en lo alto de la escalera. Desde el piso inferior le llegaba la aguda voz de su madrastra, Pauline.

—¡Esto es justo lo que había estado esperando! —estaba diciendo—. Y no permitiré que esa condenada muchacha intente echarlo a perder otra vez.

—¡Lo que tenemos que hacer es darnos prisa y vender la casa!

Esa segunda voz, petulante y ofuscada, era de su hermanastra, Chloe.

Ellen apretó los labios. Por desgracia, sabía demasiado bien de qué estaban hablando. Desde el día en que Pauline se había casado con su padre viudo, su hija y ella no habían tenido el menor reparo en gastar su dinero a manos llenas para vivir, como les gustaba, con toda clase de lujos.

Ahora, después de años tirando alegremente el dinero, lo único que les quedaba era la casa, que las tres habían heredado conjuntamente a la muerte de su padre por un infarto el año anterior, y su madrastra y su hermanastra estaban impacientes por venderla. Que fuera su hogar y que hubiese pertenecido a su familia durante generaciones no les importaba lo más mínimo.

Claro que su hostilidad hacia ella no era nada nuevo. Desde el día en que habían invadido su vida la habían tratado con el más absoluto desprecio. ¿Cómo podría ella, alta y desgarbada, compararse siquiera con su hermanastra, la esbelta, delicada y encantadora Chloe? Siempre andaban mofándose de ella, llamándola «elefante», porque decían que caminaba como ellos.

Bajó las escaleras dando zapatazos para fastidiarlas y ahogar sus voces. Por lo que había oído de su conversación, parecía que su madrastra había encontrado a alguien interesado en adquirir Haughton. Llevaba meses hostigándola para que se doblegara, para que cejara en su negativa a vender. Sabía que tendría que emprender acciones legales contra ella para obligarla a hacerlo, pero estaba segura de que eso no le importaba.

Sin embargo, ella no estaba dispuesta a ceder. Su corazón se había endurecido el invierno pasado, cuando su madrastra y Chloe, con la muerte de su padre aún reciente, se habían gastado una fortuna en un viaje al Caribe.

Les iba a poner lo más difícil posible vender su amado hogar, donde había sido feliz hasta el funesto día en que su madre había perdido la vida en un accidente de coche. Su muerte había sumido a su padre en una tristeza tan grande que lo había hecho tremendamente vulnerable y había caído en las redes de la ambiciosa Pauline.

Cuando entró en la sala de estar, los gélidos ojos azules de su madrastra y su hermanastra se clavaron en ella en actitud abiertamente hostil.

–¿Por qué has tardado tanto? –quiso saber Pauline–. Chloe te mandó un mensaje hace una hora para decirte que teníamos que hablar contigo.

–Estaba en un entrenamiento de *lacrosse* –contestó Ellen, esforzándose por mantener la calma mientras se dejaba caer en un sillón.

–Tienes barro en la cara –le informó su hermanastra.

Su expresión denotaba un profundo desdén, y no era de extrañar. Chloe lucía uno de sus innumerables modelos de alta costura –unos pantalones de corte impecable y un suéter de cachemira–, llevaba las uñas pintadas, el rubio cabello elegantemente arreglado, e iba maquillada como una estrella de cine.

Suspiró para sus adentros. Chloe era todo lo que ella

no era: delicada, con cara de muñeca... ¡y tenía una figura tan, tan esbelta! El contraste con ella no podría ser mayor: aún llevaba puesto el chándal de entrenadora –daba clases de gimnasia y geografía en un colegio privado para chicas–, se había recogido su melena indomable en una coleta, y no llevaba ni pizca de maquillaje.

–Han llamado de la inmobiliaria esta tarde –comenzó a decir Pauline, fijando su mirada penetrante en ella–. Ha habido otra persona que ha expresado interés por...

–¡Y no queremos que lo estropees! –intervino Chloe con fiereza, lanzándole una mirada asesina–. Sobre todo tratándose de quien se trata –añadió.

Algo en su tono de voz escamó a Ellen, igual que la ufana expresión de Pauline.

–Max Vasilikos está buscando una nueva adquisición, y cree que Haughton podría ser justo lo que está buscando –le aclaró su madrastra.

Ellen la miró sin comprender, y Chloe resopló burlona.

–¡Por favor, mamá!, no esperes que sepa quién es Max Vasilikos –exclamó–. Es un tipo asquerosamente rico con un montón de propiedades en medio mundo. Acaba de romper con Tyla Brentley. De ella por lo menos sí que habrás oído hablar, ¿no?

Sí que sabía quién era Tyla Brentley. Era una actriz inglesa que había alcanzado la fama en Hollywood con una película romántica que había sido un éxito de taquilla. Sus alumnas la idolatraban.

Pero ese Max Vasilikos... Aparte de la lógica deducción de que con ese apellido debía de ser de origen griego, no sabía nada de él. Sin embargo, un escalofrío le recorrió la espalda de solo pensar que un tipo así pudiera llegar a hacerse con Haughton, con su hogar. Lo único que haría sería vender la propiedad por un precio exorbitante a un oligarca ruso o a un jeque árabe que solo pasarían allí una o dos semanas al año, a lo sumo. Y sin ser amado, sin nadie que lo habitara... Haughton languidecería.

–Quiere venir a ver la propiedad en persona –dijo Pauline–, y le he invitado a almorzar hoy con nosotras.

Ellen se quedó mirándola.

–¿Y sabe que tenemos la casa en copropiedad, y que yo no estoy dispuesta a vender mi parte? –le preguntó, yendo directa al grano.

Pauline obvió ese desagradable detalle con un ademán.

–Lo que yo sí sé, Ellen –le dijo mordaz–, es que seremos muy, muy afortunadas si se decide a comprar la propiedad. Y no quiero que lo estropees. De hecho, confío en que, ya que yo no puedo convencerte, el señor Vasilikos sí logre hacerte entrar en razón.

Chloe soltó una risa ahogada.

–¡Mamá, por Dios! ¡No puedes hacerle algo tan cruel a ese pobre hombre! ¡Pretender que intente razonar con Ellen...! –se mofó.

–Ella también tiene que estar presente –insistió su madre–. Y mostraremos un frente unido.

A Ellen aquello le apetecía tan poco como que le sacaran una muela, pero al menos tendría la oportunidad de dejarle bien claro a ese Max Vasilikos que no estaba dispuesta a vender su hogar, se dijo levantándose.

Tenía que darse una ducha, pero como el ejercicio le había abierto el apetito decidió que pasaría antes por la cocina para picar algo. Se había convertido en su lugar favorito de la casa porque Pauline y Chloe, a quienes no les gustaba ensuciarse cocinando, raramente entraban allí.

De hecho, ahora dormía en una de las habitaciones en esa parte de la casa, la que daba al patio de atrás, había acondicionado la habitación contigua para usarla como salita, y apenas pisaba la parte frontal para evitar a su madrastra y a su hermanastra.

Sin embargo, en ese momento, mientras se dirigía por el pasillo a la puerta verde que conducía a lo que antaño habían sido las dependencias del servicio, sintió que se le encogía el corazón al mirar la imponente escalera, la oscura madera que recubría las paredes, las antiguas baldosas de piedra bajo sus pies...

¡Cómo amaba aquella casa...! Sentía por ella una fuerte y profunda devoción, y jamás renunciaría a ella voluntariamente. ¡Jamás!

Cuando vio surgir altos setos a ambos lados de la sinuosa carretera comarcal, Max Vasilikos supo que estaba llegando a su destino, y aminoró la velocidad. Era un día a principios de primavera, y el sol brillaba sobre la campiña del condado de Hampshire. Estaba ansioso por llegar, por ver si la propiedad que lo había cautivado por las fotos que le había mostrado su agente estaría a la altura de sus expectativas. Y no solo como inversión. Todo el conjunto –los jardines y el terreno boscoso circundante, la cálida piedra caliza, las armoniosas proporciones y el diseño de la casa– se le antojaba tan... hogareño. Sí, esa era la palabra.

De hecho, era una casa en la que se veía viviendo. Aquel pensamiento lo sorprendió. Siempre había sido feliz con la vida de trotamundos que llevaba, alojándose en hoteles, dispuesto a subirse a un avión en cualquier momento.

Claro que... nunca había tenido un hogar. Su rostro se ensombreció. Su madre siempre se había avergonzado de que fuera ilegítimo, y sospechaba que se había casado más que nada para intentar ocultarlo.

Sin embargo, su padrastro no quería un hijo bastardo, y a su madre la había convertido en una esclava, en un burro de carga que guisaba, fregaba y limpiaba en su pequeña taberna en una isla del mar Egeo. Él mismo había pasado su infancia y su adolescencia sirviendo las mesas mientras su padrastro se ocupaba tan solo de recibir a los clientes y de dar órdenes.

El día en que su madre había muerto –seguramente de agotamiento, además de por el cáncer de pulmón que le habían detectado, ya tarde–, se había marchado y no había vuelto. Había tomado el ferry a Atenas con una sensación de quemazón en el pecho, no solo por el dolor de la pérdida, sino también por la fiera determinación de alejarse de su padrastro y ser dueño de su destino.

Estuvo trabajando durante cinco años en la construcción y con lo que fue ahorrando adquirió su primera propiedad, una granja abandonada que fue restaurando con el sudor de su frente y que luego vendió, obteniendo beneficios suficientes como para comprar otras dos propiedades similares y hacer lo mismo. Y así fue como empezó su negocio inmobiliario, que poco a poco fue creciendo hasta convertirse en el emporio internacional que era en la actualidad. Incluso se había hecho, por cuatro cuartos, con la taberna de su padrastro cuando la holgazanería de este lo había llevado a la quiebra. Sus labios apretados se arquearon en una sonrisa de cruel satisfacción al recordarlo.

Su expresión cambió abruptamente al ver en la pantalla del GPS que había llegado a su destino. Cruzó las columnas de piedra de la imponente verja de entrada, y avanzó por un sendero flanqueado por árboles y arbustos de rododendros que a su vez daban paso a un antiguo camino de grava para carruajes que llegaba hasta la fachada de la casa. Aminoró un poco más la velocidad para disfrutar de la vista, complacido, pues las fotografías no lo habían engañado.

La casa se alzaba, como en ellas, en un entorno con exuberante vegetación, y el sol se reflejaba en las ventanas emplomadas. Por las columnas de piedra del porche trepaban sendos arbustos de glicinias, y aunque aún no estaban en flor, sin duda sería un espectáculo para la vista cuando florecieran, como lo eran los narcisos amarillos que bordeaban el porche, como soldados, a ambos lados.

La satisfacción de Max iba en aumento. La casa era elegante, pero no demasiado grande ni ostentosa. Y aunque fuese tan solo una casa de campo construida por terratenientes burgueses, era hermosa y muy acogedora. Más que una casona era un hogar.

¿Podría convertirse en su hogar como había pensado al ver las fotografías? Frunció el ceño ligeramente, preguntándose por qué de repente lo asaltaban esas ideas.

¿Había llegado a esa edad en que uno empezaba a pensar en sentar la cabeza, en formar una familia? Era algo que hasta entonces jamás se había planteado. Ninguna de las mujeres con las que había estado había despertado esa inquietud en él. Y Tyla menos que ninguna. Era como él: una persona desarraigada que siempre estaba de viaje por su trabajo.

Tal vez por eso habían conectado, porque tenían eso en común. Sin embargo, no se podía sustentar una relación en algo tan nimio, y había cortado con ella porque su culto al cuerpo había acabado cansándolo.

Quizá lo que le ocurriera era que él buscaba algo distinto, algo... Sacudió la cabeza mentalmente. No había ido allí a reflexionar sobre su vida privada, sino para tomar una simple decisión de negocios: si adquirir o no aquella propiedad para añadirla a su extensa cartera inmobiliaria.

Rodeó la casa, paró el coche y le gustó lo que vio cuando se bajó. La parte trasera, que correspondía a las dependencias del servicio, como en todas las casas antiguas, no era tan elegante como la fachada, pero el patio tenía mucho encanto. Estaba empedrado, lo flanqueaban a izquierda y derecha edificios anexos con tejado a dos aguas, y lo adornaban varias jardineras de flores y un banco de madera junto a la puerta de la cocina.

Fue hacia allí para preguntar si podía dejar allí aparcado el coche, pero justo cuando iba a llamar a la puerta esta se abrió, y lo embistió alguien con una gran cesta de mimbre y una abultada bolsa de basura.

Se le escapó un improperio en griego y dio un paso atrás. La persona que había salido como un huracán era una mujer joven, y no demasiado agraciada. Era grande, corpulenta y tenía recogido el cabello –una abundante mata de cabello oscuro y fosco– en una coleta. Llevaba unas gafas redondas, y estaba roja como un tomate. Además, el chándal morado con el que iba vestida era horrendo, y parecía que le sobraban unos cuantos kilos.

Pero no porque fuera tan poco atractiva iba a dejar de conducirse como un caballero.

–No sabe cuánto lo siento –le dijo muy educado–. Quería preguntar si podría dejar mi coche ahí –añadió señalando su vehículo–. Me están esperando; soy Max Vasilikos y he venido a ver a la señora Mountford.

Ella miró el coche antes de mirarlo de nuevo a él. Estaba cada vez más roja. Apoyó la cesta en la cadera, pero no le contestó.

–¿Puedo dejarlo ahí? –insistió Max.

La joven asintió con visible esfuerzo y balbució algo incomprensible. Max esbozó una sonrisa meramente cortés.

–Estupendo –dijo.

Y, olvidándose de ella, se dio media vuelta y rodeó la casa. Al llegar a la entrada, un portón enorme de roble con tachones de hierro, iba a usar la aldaba para llamar, pero se abrió en ese mismo instante. Parecía que aquella joven fortachona había avisado de su llegada.

La fémina que le había abierto no podría ser más distinta de ella. Era bajita, delicada, ultraesbelta... Su pelo rubio ceniza estaba peinado y cortado a la moda, iba perfectamente maquillada, y vestía un modelo de alta costura. La fragancia de su perfume lo envolvió cuando lo invitó a entrar con un ceremonioso ademán.

–Señor Vasilikos... pase, por favor –le dijo con una sonrisa.

Max entró y admiró complacido el amplio vestíbulo con baldosas de piedra y la impresionante escalera que conducía al piso de arriba.

–Soy Chloe Mountford –se presentó la joven rubia–. Nos alegra tanto que haya podido venir...

Max dio por supuesto que era la hija de la señora de la casa, y la siguió hasta una puerta de doble hoja, que ella abrió con teatralidad.

–Mamá, ya está aquí el señor Vasilikos –anunció.

Max se adentró en la estancia, que era una sala de estar en tonos gris pálido y azul claro, con una chimenea de mármol y un montón de muebles. Era evidente que la decoración había sido realizada por un diseñador de interiores, lo cual lo decepcionó un poco. Denotaba un buen gusto demasiado calculado; era demasiado perfecto, como sacado de una revista de decoración.

«No podría sentarme en una sala así; es una decoración demasiado estudiada. Tendría que...». Detuvo ese pensamiento. Estaba adelantando acontecimientos. Aún no había visto el resto de la casa ni había decidido si iba a comprarla.

Sentada en uno de los sofás junto a la chimenea, había una mujer que dedujo que sería la señora Mountford. Era delgada, y vestía con la misma elegancia que su hija. No se levantó al verlo entrar, sino que le tendió su mano enjoyada. Se conservaba bien para su edad, y a juzgar por lo terso que se veía su cuello, adornado con un collar de perlas en doble hilera, sospechaba que había pasado por las manos de un cirujano plástico.

–Señor Vasilikos, es un placer conocerlo –lo saludó

sonriente, en un tono gentil–. Le doy la bienvenida a Haughton.

–El placer es mío, señora Mountford –respondió él, acercándose a estrecharle la mano.

Se sentó en el sofá que ella le indicó, a su izquierda, y Chloe Mountford se acomodó en el sofá de enfrente.

–Le agradecemos que se haya tomado la molestia de venir; estamos seguras de que tendrá una agenda apretadísima –dijo la hija–. ¿Va a quedarse mucho tiempo en Inglaterra, señor Vasilikos?

Max se preguntó si tendría intención de tirarle los tejos. Esperaba que no, porque aunque estuviera de moda la delgadez extrema, a él no le gustaban las mujeres que parecían una raspa de pescado. Ni, por supuesto, tampoco las que estaban en el otro extremo.

–Pues no lo tengo pensado aún, la verdad –respondió.

–¡Cómo se nota que es usted un magnate de los negocios!, todo el tiempo de aquí para allá... –comentó Chloe Mountford con una risita.

De pronto se abrió una puerta casi oculta en la pared empapelada, y entró con una bandeja de café la joven grandota con la que se había encontrado al llegar.

Se había cambiado el horrendo chándal por una falda gris y una blusa blanca, y las zapatillas de deporte por unos zapatos planos de cordones, pero le sentaban igual de mal.

–¡Ah, Ellen, ahí estás! –exclamó Pauline Mountford.

La joven avanzó torpemente hacia ellos y dejó la bandeja sobre la mesita.

–Señor Vasilikos, esta es mi hijastra, Ellen.

Max, que la había tomado por una criada, se sorprendió al oír eso.

–¿Cómo está? –murmuró levantándose.

La joven se sonrojó, respondió con un asentimiento
de cabeza, y se dejó caer en el otro sofá, junto a su hermanastra. Max volvió a sentarse y no pudo evitar comparar a la una con la otra. No podrían ser más distintas:
una bajita, delicada y arreglada con esmero, y la otra
grandota y hecha un adefesio.

–¿Quieres que sirva yo el café, o quieres hacer de
madre? –le preguntó Ellen Mountford a su madrastra.

Su tono mordaz hizo que Max la mirara con los ojos
entornados.

–Es igual; sírvelo tú, por favor –respondió la señora
Mountford, ignorando la pulla de su hijastra.

–¿Leche y azúcar, señor Vasilikos? –le preguntó
Ellen Mountford.

Su voz sonaba tirante, como si se encontrase incómoda con aquella situación. Observó, ahora que se le
había pasado el sonrojo, que tenía un cutis bonito. De
hecho, tenía buen color, como si pasase la mayor parte
del tiempo al aire libre. La impresión contraria a la que
daba su hermanastra, bastante más pálida, que le recordaba a una delicada flor de invernadero.

–Lo tomaré solo, gracias –respondió.

La verdad era que no tenía muchas ganas de café, ni
tampoco de charlar, pero comprendía que era una for-
malidad por la que tenía que pasar antes de que le ense-
ñaran la propiedad.

Ellen Mountford le sirvió el café y le tendió la taza.
Él murmuró un «gracias», y apenas la hubo tomado,
ella apartó la mano bruscamente, como si el roce de sus

dedos le hubiera provocado una descarga eléctrica, y agachó la cabeza, prosiguiendo con su tarea. Le pasó una taza a su madrastra, otra a su hermanastra, y finalmente se sirvió la suya y se puso a remover el café con la cucharilla.

Max se echó hacia atrás, cruzó una pierna sobre la otra, y tomó un sorbo de café.

–Bueno, ¿y cómo es que quieren deshacerse de un lugar tan hermoso? –le preguntó a Pauline Mountford con una sonrisa cortés.

–Pues... ¡es que esta casa alberga tantos recuerdos! –exclamó la viuda–. Y desde que mi marido murió me resulta demasiado doloroso seguir viviendo aquí. Sé que tengo que ser fuerte y empezar una nueva vida –suspiró con resignación–. Será muy duro, pero... –sacudió la cabeza, entristecida.

–Pobre mamá... –murmuró su hija, dándole unas palmadas en el brazo antes de volverse hacia él–. Hemos tenido un año horrible –le dijo.

–Lamento su pérdida –respondió Max–. Pero comprendo las razones por las que quieren vender la propiedad.

Ellen Mountford plantó su taza en la mesita, y el brusco ruido hizo que girara la cabeza hacia ella. Tenía los labios apretados, y sus mejillas volvían a estar teñidas de rubor.

–Tengo que ir a ver cómo va la comida –dijo levantándose abruptamente.

Cuando se hubo marchado, su madrastra se inclinó hacia él y le confió en voz baja:

–La pobre Ellen se tomó muy mal la muerte de su padre. Estaba muy unida a él. Quizá demasiado –dijo con un suspiro. Pero de pronto mudó su expresión sombría y esbozó una sonrisa–: Bueno, seguro que quiere ver el resto de la casa antes de almorzar. Chloe estará encantada de mostrársela –dijo riéndose.

Su hija se levantó y él hizo lo mismo. Sí que estaba impaciente por ver la casa; no quería escuchar más detalles sobre la vida personal de la familia Mountford, que no le interesaban en lo más mínimo.

Capítulo 2

ELLEN llegó a la cocina con el corazón desbocado. Bastante duro era que cualquier persona fuera a ver su casa –su hogar– con intención de comprarla, pero... ¡ay, Dios!, ¡que esa persona tuviera que ser un hombre tan apuesto como Max Vasilikos! Notó que le ardían las mejillas, igual que en ese embarazoso momento en que casi lo había tirado al suelo cuando iba a salir a tirar la basura.

Se había quedado mirándolo boquiabierta como una tonta. Claro que lo raro habría sido que no se hubiese quedado mirándolo: más de un metro ochenta, anchos hombros, atlético... Y encima era guapísimo: con ese pelo y esos ojos oscuros, esa piel morena, esas facciones esculpidas...

Apartó esa imagen de su mente. Tenía cosas más importantes en las que pensar que en lo apuesto que era aquel posible comprador. Tenía que conseguir, fuera como fuera, encontrar el momento para dejarle bien claro que no iba a permitir que se quedase con su hogar. Pauline le había soltado esa basura hipócrita y vomitiva de los recuerdos dolorosos, pero la verdad era que lo que querían era sacar el mayor beneficio posible con la venta de Haughton, el último bien que quedaba de la herencia de su padre.

Pues no lo iba a permitir; lucharía contra ellas hasta las últimas consecuencias. «Si pretenden obligarme a vender, tendrá que ser porque lo dicte un juez. Me enfrentaré a ellas con uñas y dientes. Haré de esto la batalla legal más cara y más larga que se puedan imaginar».

Sin duda lo que querría un hombre como Max Vasilikos, que era inversor inmobiliario, era que la venta se cerrase rápidamente para poder revender él después la propiedad a un precio mayor y sacarse un jugoso beneficio. No querría los retrasos que podría implicar un pleito.

Mientras ella insistiese en que no quería vender, a Vasilikos no le quedaría otro remedio que esperar a que se resolviese la batalla legal con Pauline y Chloe. Y con un poco de suerte acabaría cansándose, encontraría otra propiedad que comprar y dejaría Haughton tranquilo.

Esa era la única esperanza a la que podía aferrarse, pensó mientras le echaba un ojo al pollo que tenía en el horno y empezaba a cortar las verduras. «Jamás me convencerá de que le venda mi hogar. ¡Jamás!».

Y tal vez fuera esa clase de hombre que hacía que las mujeres se derritieran con una sola mirada suya, pero de eso ella no tenía que preocuparse, se dijo torciendo el gesto. No, un hombre como Max Vasilikos no se molestaría siquiera en utilizar sus encantos de donjuán con una chica fea y patosa como ella.

–¿Un jerez, señor Vasilikos? ¿O a lo mejor le apetece algo más fuerte? –preguntó Pauline.

–El jerez me va bien, gracias.

Estaba de vuelta en la sala de estar después del «tour» por la casa, y ya había tomado una decisión: aquella era la casa que quería tener, la casa que convertiría en su hogar. Era una idea que aún se le hacía rara, pero estaba empezando a acostumbrarse a ella. Tomó un sorbo del jerez que le había tendido la viuda y paseó la mirada por la elegante estancia.

Casi todas las demás habitaciones que le había mostrado su hija tenían también la marca del interiorista que había decorado aquella sala de estar: estéticamente agradable, pero sin la menor autenticidad.

Únicamente la biblioteca le había dejado entrever lo que la casa debía de haber sido antaño, antes de que la señora Mountford se gastase una fortuna en redecorarla. Los sillones de cuero gastado, las anticuadas alfombras y las estanterías llenas de libros tenían un encanto especial del que las otras habitaciones, aunque elegantes, carecían. Era evidente que el difunto Edward Mountford había impedido que el interiorista que había buscado su esposa pisase en sus dominios, y él no podría estar más de acuerdo con aquella decisión.

Se dio cuenta de que su anfitriona le estaba diciendo algo, y se obligó a dejar por un momento de imaginarse los cambios que quería hacer en la casa para prestarle atención.

Sin embargo, no tuvo que continuar mucho tiempo con aquella anodina conversación, porque a los pocos minutos se volvió a abrir la puerta de servicio y reapareció la hijastra, Ellen.

–La comida está lista –anunció sin preámbulos.

Atravesó la sala de estar y abrió las puertas. A pesar de que parecía algo tímida, observó Max, no iba encorvada, sino que andaba erguida, con los hombros hacia atrás y la espalda bien recta.

La verdad era que resultaba extraño que su madrastra y su hermanastra fuesen tan bien vestidas y en cambio ella, que al fin y al cabo era la hija del difunto dueño de la casa, fuese tan poco... elegante, pensó frunciendo el ceño. Claro que muchas mujeres con sobrepeso se descuidaban hasta el punto de no preocuparse en absoluto por su aspecto.

La escrutó con la mirada mientras la seguía al comedor, con la madrastra y la hermanastra detrás de él. «Tiene buenas piernas», se encontró pensando. O, cuando menos, unas pantorrillas torneadas; era lo único que dejaba ver la falda que llevaba. Sus ojos se posaron en su pelo fosco. Esa coleta no la favorecía nada... aunque no hubiera favorecido ni a la mismísima Helena de Troya. Seguro que un buen corte de pelo mejoraría su aspecto.

Cuando se sentó a la cabecera de la mesa, como ella le indicó, estudió su rostro. Las gafas eran demasiado pequeñas para sus facciones, pensó. Hacían que su barbilla pareciese más grande de lo que era, y que, en cambio, sus ojos pareciesen pequeños. Y era una lástima, se dijo, porque eran de un castaño cálido, casi ambarinos. Frunció el ceño de nuevo. También tenía unas pestañas bonitas, largas y espesas, pero debería depilarse el entrecejo. ¡Casi parecía Frida Kahlo!

¿Por qué no se hacía... algo? Tampoco haría falta gran cosa para mejorar su imagen. Podría empezar por una ropa que disimulase con más estilo sus kilos de más. O mejor, claro, por perder esos kilos de más. Tal vez debería hacer más ejercicio.

Y comer un poco menos..., porque se fijó en que ella y él eran los únicos que estaban comiendo con ganas. Y era una pena, porque el pollo estaba delicioso, pero Pauline y su hija apenas probaban bocado mientras hablaban.

Aquello lo irritó. ¿No se daban cuenta de que estar demasiado delgado era tan poco deseable como el sobrepeso? Volvió a posar sus ojos en Ellen Mountford. ¿Podía decirse de verdad que tuviese sobrepeso? Tal vez la blusa le quedara un poco justa de mangas, pero no tenía papada ni...

Debió de darse cuenta de que estaba mirándola, porque volvió a ponerse colorada. Max apartó la vista. ¿Por qué estaba pensando en cómo se podría mejorar su aspecto? ¡Ni que tuviera algún interés en ella!

–¿Qué piensan hacer con las cosas que hay en la casa? –le preguntó a su anfitriona–. ¿Se llevarán los cuadros cuando la vendan?

Ellen Mountford tosió, como si se le hubiese atragantado el sorbo de agua que estaba tomando, y al mirarla de reojo Max vio que su expresión se había tornado beligerante.

–Lo más probable es que no –le estaba contestando Pauline Mountford–. Yo creo que van muy bien con la casa, ¿no le parece? Claro que si los vendiéramos con ella habría que tasarlos individualmente –añadió enfáticamente.

Max paseó la mirada por las paredes. No tenía objeción en quedarse con los cuadros, ni tampoco en quedarse con los muebles originales. En aquellos que habían sido adquiridos por consejo del interiorista, sin embargo, no tenía interés alguno. Se fijó en un hueco vacío en la pared tras Chloe Mountford. Había un rectángulo oscuro en el papel, como si allí hubiese habido un cuadro.

–Vendido –dijo Ellen Mountford con tirantez, como si le hubiese leído el pensamiento.

Su hermanastra soltó una risita.

–Era un bodegón espantoso con un ciervo muerto –dijo–. ¡Mamá y yo lo detestábamos!

Max esbozó una sonrisa educada, pero observó que Ellen Mountford no parecía muy feliz con la pérdida de aquel cuadro.

–Díganos, señor Vasilikos –intervino su anfitriona, reclamando su atención–: ¿cuál será su próximo destino? Me imagino que su trabajo le llevará por todo el mundo –le dijo con una sonrisa, antes de tomar un sorbo de vino.

–El Caribe –contestó él–. Estoy construyendo un complejo turístico en una de las islas menos conocidas.

Los ojos azules de Chloe Mountford se iluminaron.

–¡Adoro el Caribe! –exclamó con entusiasmo–. Mamá y yo pasamos las Navidades pasadas en Barbados. Nos alojamos en Sunset Bay, por supuesto. No hay nada que se le pueda comparar, ¿no cree?

Max conocía Sunset Bay; era el complejo hotelero más lujoso de Barbados. No tenía nada que ver con el que él estaba construyendo.

–Bueno, en su clase es de lo mejor, desde luego –concedió.

–Cuéntenos más cosas de su proyecto –le pidió Chloe Mountford–. ¿Cuándo será la inauguración? A mamá y a mí nos encantaría estar entre sus primeros huéspedes.

Max vio endurecerse aún más las facciones de Ellen Mountford, como si hubiese algo de todo aquello que la molestara. Se preguntó qué podría ser, y de pronto, sin saber por qué, acudió a su mente un recuerdo. A su padrastro siempre le había molestado cualquier cosa que él dijese, hasta el punto de que había acabado por acostumbrarse a mantener la boca cerrada en su presencia. Apartó ese recuerdo infeliz de su mente y regresó al presente.

—La verdad es que el estilo de mi complejo turístico será muy distinto del de Sunset Bay —comentó—. La idea es que sea lo más ecológico posible, un proyecto sostenible: duchas con agua de lluvia y nada de aire acondicionado.

—¡Cielos...! —exclamó Chloe Mountford, y sacudió la cabeza—. Entonces creo que no es para mí. Llevo muy mal el calor.

—Claro, no está hecho para todo el mundo —admitió Max. Se giró hacia Ellen Mountford—. ¿Qué opina usted?, ¿le atrae la idea? Dormir en bungalós de madera sin paredes, cocinar en una fogata al aire libre...

No sabía muy bien por qué, pero quería hacer que tomara parte en la conversación, escuchar su punto de vista. Estaba seguro de que sería muy distinto del de su hermanastra.

—Me suena a «glamping» —balbució ella de sopetón.

Max frunció el ceño.

—«¿Glamping?» —repitió sin comprender.

—Camping con *glamour*; vamos, camping de lujo —le

explicó ella–. Creo que es así como lo llaman. Como una acampada para gente con dinero a la que le atrae la idea de estar en contacto con la naturaleza, pero permitiéndose ciertas comodidades.

Max sonrió divertido.

–Vaya... esa podría ser una buena descripción de mi proyecto –admitió.

Chloe Mountford soltó una risita.

–Pues a mí eso del «camping de lujo» me suena a contradicción –apuntó–. Supongo que sería de lujo para alguien como Ellen, que organiza acampadas para niños pobres de Londres, pero a mí me parece que eso de lujo no tiene nada –añadió estremeciéndose con dramatismo, como si la sola idea de dormir y comer al aire libre le diera repelús.

–Los chicos se lo pasan bien –dijo su hermanastra–. Les resulta emocionante porque muchos de ellos nunca han ido al campo.

–¡Las buenas acciones de Ellen! –exclamó Pauline–. Estoy segura de que debe de ser muy gratificante.

–Claro, aunque vuelva con la ropa manchada de barro –comentó su hija con una risita, y miró a Max, como esperando que le riera la gracia.

Pero sus ojos estaban fijos en Ellen. Nunca se hubiera imaginado que alguien de una familia pudiente organizase acampadas para niños pobres.

–¿Y dónde las hace, aquí? –le preguntó con interés.

–En el colegio en el que doy clases –contestó ella–. Montamos las tiendas de campaña en el campo de *lacrosse*. Y podemos usar el pabellón de deportes para actividades a cubierto, y los niños pueden usar las duchas y la piscina.

Mientras hablaba, Max vio por primera vez que se le iluminaban los ojos, y que cambiaba su expresión. Se la veía entusiasmada, y observó sorprendido que sus facciones se habían transformado por completo: las líneas de su rostro parecían más suaves, más amables.

Pero entonces, como si se hubiese dado cuenta de que estaba animándose demasiado, Ellen Mountford se quedó callada y volvió a ponerse seria, destruyendo aquella milagrosa transformación. Por algún motivo aquello lo irritó, y abrió la boca para hacerle otra pregunta, para intentar sacarla de nuevo de su caparazón, pero su anfitriona se le adelantó.

—Me imagino que después del almuerzo querrá ver los jardines —le dijo Pauline Mountford—. Solo estamos a comienzos de primavera, pero dentro de una semana o dos los rododendros empezarán a florecer —añadió sonriente—. Es un auténtico estallido de color.

—Rododendros... —murmuró Max—. «Árbol de las rosas»... esa es la traducción literal del griego.

—¡Vaya, eso es fascinante! —exclamó Chloe Mountford—. Entonces, ¿proceden de Grecia?

—No, proceden del Himalaya —le aclaró al punto su hermanastra—. Se introdujeron en Inglaterra en la época victoriana, y por desgracia han proliferado en algunas zonas, relegando a especies autóctonas. Son como una plaga.

Chloe Mountford la ignoró por completo.

—Y luego, un poco después, a principios de verano florecen las azaleas. En mayo están espectaculares. ¡Montones y montones de ellas! Mamá hizo que los jardineros abrieran un sendero que discurre entre ellas. Es tan agradable pasear por él en...

–No, no fue ella –la interrumpió su hermanastra, soltando bruscamente sus cubiertos en el plato–. El sendero de las azaleas lleva ahí mucho más tiempo: ¡fue idea de mi madre! –se quedó mirándola furibunda un instante y se levantó–. Si habéis acabado, me llevaré los platos –dijo, y empezó a recogerlos.

Los puso en la bandeja que había dejado en la mesita auxiliar y abandonó con ella el comedor.

Pauline Mountford suspiró con resignación.

–Le pido disculpas por el comportamiento de Ellen –le dijo a Max, y miró a su hija, que tomó el relevo.

–Es que a veces Ellen es demasiado... sensible –murmuró con tristeza–. Tendría que haber cuidado más mis palabras –añadió con un suspiro.

–Intentamos tener con ella toda la paciencia que podemos –intervino su madre con otro suspiro–, pero... En fin... –concluyó, dejando la frase sin terminar y sacudiendo la cabeza.

Sí que debía de ser difícil para ellas tratar con una persona tan difícil, pero sus problemas familiares no le incumbían, así que Max cambió de tema, preguntándoles a qué distancia estaba Haughton de la costa.

Chloe Mountford estaba explicándole que no estaba muy lejos y que, si le gustaba navegar, Haughton era el campamento base perfecto para que tomara parte en la regata de Cowes Week, cuando su hermanastra volvió a entrar con la bandeja, esa vez cargada con una tarta de manzana y platos de postre. Distribuyó los platos y dejó la tarta en la mesa con los utensilios para cortarla y servirla, pero no volvió a ocupar su asiento.

—Que aproveche —les dijo—; serviré el café en la sala de estar.

Y volvió a marcharse por la puerta de servicio.

—¿Y bien?, ¿qué le parece Haughton, señor Vasilikos? —le preguntó Pauline Mountford.

Estaba sentada frente a él, en uno de los sofás de la sala de estar, donde habían ido a tomar el café que Ellen Mountford, con tanta aspereza, les había informado que estaría esperándoles allí.

Él era el único que había tomado tarta de manzana, lo cual no lo había sorprendido, pero se alegraba de haberlo hecho. Estaba deliciosa: muy ligera, y con un suave toque de canela y nuez moscada. No había duda de que quien la hubiera hecho sabía cocinar.

¿La habría preparado la hijastra? De ser así, a pesar de ser poco agraciada, podría conquistar a un hombre por el estómago. Sacudió mentalmente la cabeza. Ya estaba otra vez, pensando en Ellen Mountford, y no comprendía por qué.

Se centró en la pregunta que le había hecho su anfitriona. Era evidente que estaba sondeándole para averiguar si de verdad quería comprar la propiedad o no. ¿Por qué no darle ya las buenas noticias? Al fin y al cabo, ya lo tenía claro. Tal vez hubiese sido una decisión impulsiva, pero el impulso que lo había llevado a tomarla había sido muy fuerte, el impulso más fuerte que había sentido jamás, y estaba acostumbrado a tomar decisiones en el acto. Su instinto nunca le había fallado, y estaba seguro de que en esa ocasión tampoco iba a fallarle.

–Es un lugar encantador –respondió estirando las piernas, como si la casa ya fuera suya–. Creo... –añadió esbozando una sonrisa– que podremos llegar a un acuerdo en torno al precio que piden, que me parece ajustado, aunque, obviamente antes querría pedirle a mi agente que haga una tasación estructural de la propiedad y demás.

A Pauline Mountford se le iluminaron los ojos.

–¡Excelente! –exclamó.

–¡Maravilloso! –la secundó su hija.

La voz de ambas no solo denotaba entusiasmo, sino también alivio. Max dejó su taza vacía en la mesa.

–Antes de irme –les dijo poniéndose de pie–, les echaré un vistazo a los jardines y los edificios anexos de la parte de atrás de la casa. No, no se levante, por favor –le pidió a Chloe Mountford cuando hizo ademán de incorporarse–. El calzado que llevo es más apropiado que el suyo para recorrer los senderos de tierra –le dijo con una sonrisa cortés, bajando la vista a sus zapatos de tacón.

Además, prefería ir a su ritmo y no tener que escuchar sus interminables panegíricos sobre los encantos de una propiedad que ya había decidido que iba a ser suya.

Salió de la habitación, y al cerrar la puerta tras de sí oyó a las dos mujeres iniciar una animada conversación. Parecían... alborozadas, igual que se sentía él. Una profunda satisfacción lo invadió cuando paseó la mirada por el vestíbulo, que pronto sería su vestíbulo.

Una familia había vivido allí durante generaciones, y ahora se convertiría en su hogar, pensó emocionado, en su hogar... y el de su familia, la familia que nunca había tenido.

Sintió una punzada en el pecho. Si su pobre madre aún viviera le habría encantado poder llevarla allí, lejos de la dura vida que había llevado, rodeándola de todas las comodidades que ahora podría haberle proporcionado.

«Pero lo haré con tus nietos, mamá. Les daré la infancia feliz que tú hubieras querido darme y no pudiste. Encontraré a una buena mujer y la traeré aquí, y formaremos una familia».

No sabía quién sería esa mujer, pero sí que estaba ahí fuera, en alguna parte. Solo tenía que encontrarla.

Estaba dirigiéndose por el pasillo a la parte trasera de la casa, cuando por la puerta abierta de la cocina salió Ellen Mountford y se plantó frente a él.

–Señor Vasilikos, tengo que hablar con usted.

Estaba seria, muy seria. Max frunció el ceño, irritado. Aquello era lo último que quería. Lo que él quería era salir de la casa y acabar de recorrer la propiedad.

–¿Sobre qué? –le espetó con fría corrección.

–Se trata de algo muy importante.

Retrocedió, indicándole que entrara con ella para que pudieran hablar en privado. Impaciente, Max atravesó el umbral de la puerta y aprovechó para pasear la mirada por la amplia cocina. Tenía armarios de madera antiguos, una mesa larga también de madera, suelo de losetas de piedra, y una vieja cocina de gas que ocupaba toda una pared. Era muy acogedora, y daba sensación de hogar. Parecía que allí, por suerte, tampoco había tocado la mano del interiorista.

Se giró hacia Ellen Mountford, que tenía las manos apoyadas en el respaldo de una silla. Se la veía muy tensa. ¿De qué se trataba todo aquello?, se preguntó Max.

–Hay algo que debe saber –le dijo.

Lo había soltado de sopetón, y Max se dio cuenta de que parecía nerviosa, y muy agitada.

–¿Y qué es? –la instó para que prosiguiese.

La vio inspirar temblorosa. Se había puesto pálida, pálida como una sábana.

–Señor Vasilikos, esto no es fácil para mí, y lo lamento mucho, pero ha hecho el viaje en vano. Da igual lo que mi madrastra le haya hecho creer: Haughton no está en venta. ¡Y nunca lo estará!

Capítulo 3

MAX VASILIKOS se quedó mirándola.

–¿Qué tal si me explica a qué se refiere con eso? –le dijo en un tono apaciguador.

Ellen tragó saliva y se obligó a hablar, a decirle lo que tenía que decir.

–Soy propietaria de una tercera parte de Haughton y no quiero vender.

El corazón le martilleaba con fuerza en el pecho; se lo había dicho. Sin embargo, por su expresión, parecía que Max Vasilikos no se lo había tomado demasiado bien. Tenía la mandíbula apretada y el ceño fruncido.

Ellen se estremeció. Hasta ese momento se había estado comportando como un invitado cortés y dispuesto, pero de pronto se había transformado: el Max Vasilikos que tenía ante ella ahora era el hombre de negocios que no aceptaba un no por respuesta, y que acababa de oír algo que no quería oír.

–¿Por qué no? –quiso saber él, con sus ojos fijos en ella.

Ellen volvió a tragar saliva.

–¿Qué importancia tiene eso?

–Quizá lo que espere es que les ofrezca más dinero –apuntó él, enarcando una ceja.

Ellen apretó los labios.

–No quiero vender, y no lo haré.

Él se quedó mirándola en silencio con los ojos entornados, como escrutándola.

—Me imagino que se dará cuenta —le dijo—, de que, siendo como es copropietaria, si las otras dos partes quieren vender, tienen el derecho legal a forzar la venta.

Ellen palideció, y sus manos apretaron con tal fuerza el respaldo de la silla que se le pusieron blancos los nudillos.

—Eso llevaría meses —le espetó—; alargaría la disputa tanto como me fuera posible. Ningún comprador querría esa clase de costosos retrasos.

Los ojos de Max Vasilikos seguían fijos en ella, implacables. Y entonces, de pronto, su expresión cambió.

—Bueno, sea como sea, señorita Mountford, tengo intención de ver el resto de la propiedad, ya que estoy aquí.

Lo vio pasear la mirada de nuevo a su alrededor, antes de asentir con aprobación.

—La cocina es muy agradable —dijo—. Me alegra ver que no ha sufrido ninguna reforma, como otras partes de la casa.

Ellen parpadeó confundida. Se le hacía raro estar de acuerdo con él después de que acabara de desafiarlo.

—Sí, mi madrastra no tenía interés en cambiarla —murmuró—. No la pisa demasiado.

Los ojos de Max Vasilikos brillaron divertidos.

—Pues es una suerte que haya escapado a su afán reformador —comentó.

Había una nota de conspiración en su voz que confundió aún más a Ellen.

—¿Es que no le gusta ese estilo de decoración? —le preguntó perpleja—. Mi madrastra se la encargó a un interiorista muy famoso.

Max Vasilikos sonrió.

–El gusto es algo subjetivo, y el gusto de su madrastra difiere bastante del mío. Yo prefiero un estilo menos... artificioso.

–¡Como que hasta llamó a una revista de decoración para que hicieran un reportaje fotográfico! –exclamó ella con desdén. No se lo pudo aguantar.

–Sí, es muy de ese estilo –asintió él con humor–. Dígame: ¿queda algo del mobiliario original?

Los ojos de Ellen se llenaron de tristeza.

–Algunos se subieron al desván –dijo.

Las antigüedades y las obras de arte que a Pauline no le gustaban se habían vendido –como ese bodegón que faltaba en el comedor– para que Chloe y ella pudiesen permitirse los caros destinos de vacaciones que tanto les gustaban.

–Me alegra oír eso –respondió él, sonriéndole de nuevo–. Bueno, la dejo, señorita Mountford. Voy a ver lo que me queda por ver –añadió.

Mientras abandonaba la cocina, Ellen lo siguió con la mirada. Una sensación de angustia le atenazaba el estómago cuando lo oyó salir, al poco rato, por la puerta de atrás. «¡Por favor, que no vuelva!», rogó para sus adentros. «¡Que se vaya y no vuelva más! Que se compre una casa en cualquier otro sitio y deje tranquilo mi hogar...».

Max estaba de pie a la sombra de un haya cerca del lago, admirando la hermosa vista. Le gustaba todo de aquella propiedad. Les había echado un vistazo a los edificios anexos y, aunque necesitaban algunas reparaciones, estaban en buen estado. Ya había decidido que utilizaría una parte de las antiguas caballerizas como garaje, pero que la otra parte la mantendría para su uso original. Él no montaba a caballo, pero quizá a sus hijos, cuando llegaran, les gustaría tener ponis.

Ese pensamiento lo hizo reír. Allí estaba, imaginándose ya con hijos, antes siquiera de haber encontrado a la mujer con la que los tendría. Y aun antes de eso tenía que comprar Haughton. Debería haber sido informado desde un principio del régimen de copropiedad, no que Ellen Mountford le hubiera soltado de repente aquella bomba, pensó frunciendo el ceño.

En fin, ya se ocuparía luego de ese problema. Ahora lo que quería hacer era acabar de explorar los terrenos que había más allá de los jardines que rodeaban la casa. Había un sendero que discurría a través del césped sin cortar, junto al bosque, a lo largo del perímetro del lago bordeado por juncos. Lo recorrería y le echaría un vistazo a lo que parecían unas falsas ruinas decorativas en el extremo más alejado.

«A mis hijos les encantaría jugar allí, y haríamos picnics en verano. O barbacoas por las tardes. Y quizá nadaríamos en el lago, aunque también construiría una piscina, probablemente cubierta, dado el clima de Inglaterra, con un techo de cristal».

Iba pensando en esas cosas mientras caminaba cuando llegó al final del bosquecillo y divisó a lo lejos las falsas ruinas. Había una mujer vestida con un top deportivo y un pantalón corto de chándal haciendo estiramientos junto a una de las columnas.

Max frunció el ceño. Si los vecinos se habían acostumbrado a hacer jogging por allí, cuando adquiriese Haughton tendría que dejarles claro que aquello era propiedad privada. Sin embargo, a medida que iba acercándose distinguió mejor las facciones de la deportista, y se quedó patidifuso.

¡Imposible! No podía ser aquella joven fachosa y con sobrepeso... No podía ser Ellen Mountford. Era imposible... Y, sin embargo, era ella... solo que no lo parecía. Llevaba el cabello suelto y tenía un cuerpo... un cuerpo escultural.

No podía apartar los ojos de ella, de ese cuerpo atlético, esbelto. El top deportivo resaltaba unos senos voluptuosos y perfectos, y el estómago que dejaba al descubierto era completamente liso, sin un ápice de grasa, y los pantalones cortos de chándal se ajustaban a unas caderas estilizadas y exhibían unas piernas larguísimas, torneadas y tonificadas. Tampoco llevaba puestas las gafas.

No tenía sobrepeso, ¡lo que estaba era en forma! No salía de su asombro, y mientras la recorría con la mirada sintió que lo invadía una oleada de calor. ¿Cómo podía haber ocultado ese cuerpo? Bueno, no era difícil de imaginar, con el horrendo chándal con que la había visto al llegar, y luego con esa blusa y esa falda tan poco favorecedoras...

–¡Vaya, hola! –la saludó cuando ya estaba a solo unos pasos.

Fue un saludo afable, pero ella se irguió como impulsada por un resorte y se quedó mirándolo aturdida y con unos ojos como platos, como un animal deslumbrado por los faros de un coche.

A Ellen se le escapó un gemido ahogado al ver, con espanto, aparecer ante ella a la última persona que quería ver en ese momento: ¡Max Vasilikos!

La tensión emocional del día la había superado de tal manera que, en cuanto lo había oído salir de la casa, había subido a cambiarse. Necesitaba salir, desahogarse y liberar esa tensión, y había pensado que salir a correr la ayudaría.

Había tomado la ruta más larga, con la esperanza de que al volver él ya se habría ido en su coche, ¡no que iba a aparecer de la nada!

Al ver cómo estaba mirándola, cayó en la cuenta de lo mucho que dejaba al descubierto la ropa que llevaba y se puso roja como un tomate, pero alzó la barbilla, desafiante, en un intento desesperado por disimular su azoramiento.

—Cuando las vi sentadas la una al lado de la otra, me pareció que Chloe y usted no podían ser más distintas —observó Max Vasilikos—, pero ahora veo que, aun compartiendo el mismo apellido, nadie podría tomarlas por hermanas. ¡Ni por asomo!

No debió de percatarse de la expresión dolida de ella, porque tras sacudir la cabeza con incredulidad continuó hablando.

—Perdone, no debería estar reteniéndola con mi cháchara; se le agarrotarán los músculos. ¿Le importa que la acompañe de regreso a la casa? Si corre a un ritmo suave, iré caminando a su lado y así podremos hablar.

Se hizo a un lado y Ellen, que no habría sabido cómo negarse sin parecer grosera, empezó a correr al tiempo que él echaba a andar junto a ella. El corazón le latía pesadamente, pero no por el ejercicio. Las palabras tan crueles que acababa de decirle, como si nada, resonaban dolorosamente en su interior, pero no iba a dejarle entrever que la había herido.

Haciendo un esfuerzo por olvidarse de su escueto atuendo, de que estaba sudando, le preguntó:

–¿De qué quiere hablar?

–Voy a hacerle a su madrastra una oferta por Haughton –respondió él–, y será una oferta generosa...

A Ellen le dio un vuelco el corazón.

–Sigo sin querer vender –le contestó, apretando los dientes.

–Y a usted le correspondería... más de un millón de libras.

–Me da igual cuánto nos ofrezca, señor Vasilikos –le dijo ella con firmeza–. No quiero vender.

–¿Por qué no? –inquirió él frunciendo el ceño.

–¿Que por qué no? –repitió ella con incredulidad–. Mis motivos son personales. No quiero vender y punto –se detuvo y se giró para mirarlo–. No hay más. Y aunque ellas quieran vender, yo haré todo lo que esté en mi mano para impedir que se complete la venta. ¡Lucharé hasta el final!

Su vehemencia hizo que Vasilikos enarcara las cejas, aturdido, y abrió la boca, como para decir algo. El problema era que, tuviera lo que tuviera que decir, ella no quería oírlo. Lo único que quería era alejarse de él, volver a la casa, al santuario que era para ella su dormitorio. Lo único que quería era echarse en la cama y llorar, porque lo que más temía se haría realidad si aquel hombre insistía en su empeño de arrebatarle su hogar. No podía soportarlo, no podía seguir allí con él ni un segundo más... Y por eso, sin importarle lo que pudiera pensar, echó a correr hacia la casa lo más rápido que podía, dejándolo atrás.

Max la dejó marchar, pero, cuando hubo desaparecido a lo lejos, su mente era un enjambre de confusión. ¿Por qué estaba tan empeñada Ellen Mountford en crearle complicaciones?

Siguió caminando y cuando llegó a la casa fue en busca de su anfitriona. Seguía en la sala de estar con su hija, y las dos lo saludaron con efusividad y empezaron a bombardearlo a preguntas sobre qué le había parecido el resto de la propiedad, pero él fue directo al grano.

–¿Por qué no se me informó de que Haughton es una copropiedad? –les preguntó.

Había una nota en su voz que cualquiera que hubiese hecho negociaciones con él habría interpretado como una advertencia de que no intentara jugársela.

–Su hijastra me ha puesto al corriente –añadió, con los ojos fijos en Pauline.

Chloe Mountford, que estaba sentada a su lado, gruñó irritada, pero su madre la silenció con una mirada antes de girar de nuevo la cabeza hacia él. Exhaló un pequeño suspiro.

–¿Qué le ha dicho esa pobre muchacha, señor Vasilikos? –le preguntó con cierta aprensión.

–Que no quiere vender su parte. Y que tendrán que recurrir a medidas legales para obligarla, lo cual, como supongo que sabrán, sería un proceso costoso y muy largo.

Pauline Mountford se retorció las manos.

–No sabe cómo lo siento, señor Vasilikos. Siento

que se vea expuesto a este... bueno, a este desafortunado contratiempo. Tenía la esperanza de que pudiéramos llegar a un acuerdo entre nosotros y...

–No es ningún secreto que quiero comprar esta propiedad –la cortó él sentándose en el otro sofá–, pero no quiero problemas, ni retrasos.

–¡Y nosotras tampoco! –se apresuró a asegurarle Chloe Mountford–. Mamá, tenemos que pararle los pies a Ellen; no podemos dejar que siga arruinándolo todo –le dijo a su madre.

Max miró a una y a otra.

–¿Saben por qué se muestra tan reacia a vender? –les preguntó.

Pauline Mountford suspiró.

–Creo que... es muy infeliz –comenzó a decir, muy despacio–. A la pobre Ellen siempre le ha resultado muy... difícil aceptarnos como parte de la familia.

–Nos odió desde el primer día –intervino su hija–. Nunca ha hecho que nos sintamos bienvenidas.

Pauline volvió a suspirar.

–Por desgracia, es la verdad; estaba en una edad muy difícil cuando Edward, su padre, se casó conmigo. Y me temo que, como hasta entonces él solo había estado pendiente de ella, a Ellen le costó aceptar que su padre buscase la felicidad junto a otra mujer tras la muerte de su madre. Hice todo lo que pude por llevarme bien con ella, igual que mi Chloe, ¿verdad, cariño? –dijo mirando a su hija–. Se esforzó por hacerse su amiga, y le hacía tanta ilusión tener una hermana, pero... En fin, no quiero hablar mal de Ellen, pero nada, absolutamente nada de lo que hiciéramos la complacía. Parecía decidida a odiarnos. A su pobre padre lo disgustaba enormemente, y ya tarde se dio cuenta de que la había consentido demasiado, de que había hecho de ella una niña posesiva y dependiente. Él podía controlar ese temperamento que tiene Ellen, aunque no demasiado, pero ahora que ya no está... –se le escapó un sollozo–. Bueno, ya ha visto usted cómo es.

–¡Jamás sale a ninguna parte! –exclamó su hija–. Se pasa todo el año aquí encerrada.

Pauline Mountford asintió.

–Es una pena, pero así es. Tiene ese modesto trabajo de maestra en su antiguo colegio, que es muy digno, no digo que no, pero impide que amplíe sus horizontes. Y no tiene vida social; siempre rechaza todos mis intentos por... bueno, por hacer que se interese por otras cosas –miró a Max–. Solo quiero lo mejor para ella. Si para mí es difícil seguir viviendo aquí con todos los recuerdos que alberga esta casa, estoy segura de que para ella es mucho, mucho peor. Tenía una dependencia insana de su padre.

Max frunció el ceño.

–¿Puede ser que no quisiera que su padre las incluyera en su testamento? –le preguntó.

¿Sería esa la raíz del problema, que habría querido que no recibieran nada de su herencia?

–Me temo que sí –confirmó Pauline–. Mi pobre Edward consideraba a Chloe como si también fuera hija suya... de hecho, le dio su apellido... y quizá eso despertó celos en Ellen.

Aquello reavivó un recuerdo amargo en Max. Su padrastro, siendo él como era un bastardo, un hijo sin padre, no había querido darle su apellido.

–Pero no quiero que piense, señor Vasilikos –continuó diciendo Pauline Mountford–, que Edward fue injusto con Ellen en su testamento. Fue tan bueno que, para asegurarse de que Chloe y yo tuviéramos nuestras necesidades cubiertas, nos incluyó como copropietarias de esta casa, pero a Ellen le dejó también todo lo demás. Mi marido era un hombre muy rico, con una buena cartera de acciones y otros bienes –hizo una pausa–. Las dos terceras partes de esta propiedad es todo lo que mi hija y yo tenemos, así que estoy segura de que comprenderá por qué necesitamos venderla, aparte de los dolorosos recuerdos que alberga para nosotras. Y, por supuesto, Ellen recibiría su parte de la venta.

Max la había escuchado atentamente, y le pareció que todo lo que Pauline Mountford le había dicho encajaba perfectamente con el brusco comportamiento del que había hecho gala su hijastra durante el almuerzo.

Se levantó de su asiento. Por el momento no había nada más que pudiera hacer.

–Bueno, me marcho –les dijo–. Vean qué pueden hacer para conseguir que Ellen cambie de opinión y de actitud.

Diez minutos después se alejaba de Haughton en su coche. Haría lo que tuviera que hacer para convencer a Ellen Mountford de que abandonara su empecinamiento. Con o sin su colaboración.

Capítulo 4

MAX le dio las gracias a su consejero legal y colgó el teléfono. Tenía razón en que forzar la venta daría lugar a un largo pleito, pensó tamborileando con los dedos sobre su mesa, y él quería que Haughton fuera suyo lo antes posible –antes de finales de verano–, y para eso tendría que conseguir que Ellen Mountford depusiera su actitud.

Resopló exasperado. No había recibido noticias de Pauline Mountford, y sospechaba que no las recibiría. Si Ellen la detestaba tanto como parecía, era poco probable que su madrastra fuese a lograr hacerla cambiar de opinión con respecto a la venta.

Pero él tal vez sí podría; se le estaba ocurriendo una idea... Su hermanastra había dicho que Ellen apenas salía, que se pasaba la mayor parte del año encerrada en Haughton. Le brillaron los ojos. Tal vez esa fuera la clave para solucionar el problema. Dejándose llevar por aquella corazonada, llamó a su secretaria.

–¿Tengo algún evento social aquí en Londres en las próximas semanas? –le preguntó.

Nada más oír su respuesta tomó una decisión, y cuando su secretaria se hubo retirado se echó hacia atrás en su asiento, estiró las piernas y sonrió satisfecho. Sin saberlo, al mencionar esos campamentos que organizaba

para niños sin recursos, Ellen Mountford le había proporcionado la clave, cómo la convencería para que acce-
diera a vender. Sí, estaba seguro de que funcionaría.

Y mientras retomaba su trabajo, de mucho mejor
humor y más centrado, se dio cuenta de que estaba deseando volver a verla y demostrarle que, al contrario de
lo que parecía creer, no era una mujer fea.

Él la había visto tal y como era en realidad, había
visto ese cuerpo de diosa que tenía, y estaba deseando
que su cara estuviese en armonía con ese físico. Una
sonrisa traviesa se dibujó en sus labios y sus ojos brillaron de nuevo, preguntándose qué aspecto tendría
arreglada, porque estaba convencido de que sería una
auténtica belleza. Sí, estaba impaciente por descu-
brirlo...

Ellen apagó el motor, tomó su bolso y la enorme
pila de cuadernos de ejercicios que había puesto en el
asiento del copiloto, y se bajó del coche. Debería lle-
varlo al taller, pero no podía permitírselo. Su salario se
le iba en pagar lo indispensable: las facturas del gas, la
electricidad, las tasas del ayuntamiento... Para pagar
todo lo prescindible, como las frecuentes visitas de su
madrastra y su hermanastra a la peluquería, al salón de
belleza, a boutiques de ropa, su intensa vida social y
sus estancias en hoteles de lujo en destinos exóticos, ya
se encargaban ellas de despojar a Haughton de cualquier cosa de valor que aún quedara en la casa, ya fueran cuadros, o candelabros de plata.

En ese momento oyó el ruido de otro vehículo acercándose, y cuando vio aparecer el deportivo de Max

Vasilikos se le cayó el alma a los pies. Había rogado tanto por que hubiese decidido comprar una propiedad en otro sitio y se olvidase de Haughton...

Pauline y Chloe, tras fustigarla repetidamente por negarse a hacer lo que querían que hiciese, habían acabado por dejar de hablarle, y, ahora que habían empezado las vacaciones escolares y no tendría que ir a trabajar, se habían ido a un hotel de cinco estrellas de Marbella para perderla de vista.

De hecho, eso había sido lo que le había dado esperanzas; creía que Max Vasilikos, al ver que no conseguían convencerla, había retirado su oferta. Pero parecía que se había equivocado.

Tragó saliva al verlo salir de su coche e ir hacia ella. El traje a medida que llevaba le sentaba como un guante, y, cuando sus ojos oscuros se clavaron en ella, se le disparó el pulso.

«Es solo porque no lo quiero aquí», se dijo. «Porque no quiero que siga insistiéndome para que le venda Haughton». Sí, ese era el motivo por el que de pronto su respiración se había tornado agitada; el único motivo, se dijo con firmeza.

—Buenas tardes, señorita Mountford —la saludó.

En las comisuras de sus labios esculpidos se adivinaba una sonrisa burlona.

—¿Qué está haciendo aquí otra vez? —quiso saber.

Era más seguro mostrarse belicosa que quedarse ahí plantada ante él, mirándolo embelesada, con el corazón palpitándole con fuerza y los colores subiéndosele a la cara.

Sin embargo, su pregunta hostil no pareció molestarlo.

—Quería ver los rododendros en flor —respondió él

con mucha calma–. Es verdad que se ponen preciosos –hizo una pausa y esbozó una sonrisa cortés–. ¿No va a invitarme a pasar?

Ellen Mountford lo miró furibunda a través de los cristales de sus gafas. Cuando fruncía el ceño así parecía cejijunta, pensó Max, y observó con desagrado que otra vez llevaba ese horrendo chándal que le quedaba grande y ocultaba su glorioso cuerpo. Si pudiera, encendería una hoguera y lo quemaría.

–¿Si le digo que no, se iría? –le espetó ella.

–No –respondió Max. Le aligeró la mitad del peso de la tambaleante torre de cuadernos que llevaba en los brazos–. Después de usted –le dijo, señalando con la cabeza hacia la casa, hacia la puerta de la cocina.

Ella lo fulminó con la mirada, negándose a darle las gracias por ayudarla, y entró como un vendaval antes de soltar los cuadernos sobre la mesa de la cocina. Él dejó el resto junto a su montón.

–Espero que no tenga que corregir todo esto para mañana –apuntó.

Ellen sacudió la cabeza.

–Para principios del trimestre siguiente –contestó brevemente.

–¿Ah, que ya han acabado las clases? –inquirió Max, haciéndose el sorprendido.

Sabía perfectamente que así era, porque había hecho que su secretaria averiguase el calendario escolar del colegio donde enseñaba, y por eso había elegido ese día para presentarse allí.

–Hoy –contestó ella–. Y ha hecho este viaje en vano –añadió con aspereza–. Mi madrastra y mi hermanastra no están; se fueron ayer a Marbella.

–¿Ah, sí? –respondió él con indiferencia–. Es igual; no he venido a verlas a ellas.

Ellen lo miró irritada.

–Señor Vasilikos, ¡por favor, deje de insistir! ¿Es que no puede aceptar que no quiero vender Haughton?

–No he venido a hablar de eso. He venido para ayudarla con sus acampadas.

Ella se quedó tan perpleja que no dijo nada, y Max aprovechó para continuar.

–He pensado que podría aumentar los fondos de los que dispone, para que pueda organizar esas acampadas con más frecuencia. Una fundación benéfica con la que colaboro siempre está buscando nuevos proyectos que respaldar, y estoy seguro de que el suyo les encantaría.

Ellen estaba empezando a mirarlo con una suspicacia extrema.

–¿Y por qué iba a hacer algo así? –quiso saber–. ¿Pretende comprarme con eso, cree que me hará cambiar de idea con respecto a vender Haughton?

–Por supuesto que no –se apresuró a asegurarle él apaciguadamente–. Lo único que me mueve es hacer felices a esos niños desfavorecidos; ¿a usted no? –le dijo, mirándola de un modo afable.

Ellen inspiró.

–Bueno, si puede proporcionarnos más fondos, no le diré que no –balbució aturdida.

–Estupendo –dijo Max–. El único problema es que tendrá que venir hoy a Londres conmigo para presentarles el proyecto personalmente. Disponemos de poco tiempo porque tienen que adjudicar los fondos antes de que acabe el mes.

No era verdad que hubiese tanta prisa, pero no quería darle una excusa para negarse.

–¿Qué? ¿Ahora? –exclamó ella, que se había puesto pálida–. ¡Imposible!

–Ah, no pasa nada, no es molestia –contestó Max, haciendo como que había malinterpretado la causa de su objeción. Miró su reloj–. Usted vaya a cambiarse y yo mientras daré una vuelta por los jardines... ¡para disfrutar de esos rododendros! –le dijo con una sonrisa.

Ellen abrió la boca para objetar algo más, pero él hizo como que no se había dado cuenta y añadió:

–Le doy veinte minutos.

Y, dándose media vuelta, salió fuera por la puerta de la cocina.

Boquiabierta, Ellen lo siguió con la mirada. Una tremenda desazón se había apoderado de ella, y tardó un rato en recobrar la compostura. ¿De verdad creía que iba a ir con él a Londres así, de sopetón, para presentar su proyecto en una fundación?

«Bueno, conseguir más fondos nos vendría muy bien. Podríamos llevar a más niños a las acampadas; compraríamos más tiendas de campaña y más sacos de dormir. Y podríamos organizar otra acampada de una semana en las vacaciones de verano...».

El problema era, pensó dejándose caer en una silla, que para conseguir esos fondos tendría que ir hasta Londres con Max Vasilikos, y la idea de hacer ese trayecto a solas con él dentro de un coche la ponía nerviosa... ¿Seguro que no intentaría aprovechar para convencerla de vender Haughton?

Bueno, si empezaba otra vez con la misma cantinela, ella le repetiría las veces que hicieran falta que no iba a cambiar de opinión. Sí, eso haría.

Subió a ponerse algo más apropiado, y después de dudar un poco se decidió por el conjunto gris oscuro de chaqueta y falda con la blusa blanca y los zapatos de cordones que se ponía para las reuniones con los padres y las ceremonias del colegio. Luego se hizo un recogido rápido, volvió a bajar y salió al patio.

Max Vasilikos ya la esperaba al volante de su deportivo. Se inclinó hacia la derecha para abrirle la puerta, y ella se subió al vehículo. Vergonzosa, se puso el cinturón de seguridad. Era extraño estar allí sentada, junto a él, en aquel espacio cerrado.

Cuando se pusieron en marcha, tragó saliva y sus dedos apretaron el bolso en su regazo.

–Bueno, cuénteme algo más de esas acampadas que organiza –la instó Max mientras salían a la carretera comarcal.

Ellen le explicó que era algo que habían empezado ella y otra profesora dos años atrás.

–¿Y cómo responden los niños? –le preguntó él.

–Normalmente muy bien –contestó ella–. Todos tienen que hacer una serie de tareas, pero las comparten y la mayoría descubren que tienen un valor, una fortaleza interior que desconocían, una fuerte determinación para lograr los objetivos que esperamos que les llevará a luchar por su futuro, a hacer algo útil con su vida a pesar de que provienen de familias con pocos recursos o de que han crecido en ambientes conflictivos.

Se dio cuenta de que Max estaba mirándola con una expresión extraña.

—Eso me recuerda a mí –le dijo–. Cuando murió mi madre tuve que abrirme camino por mí mismo, y desde luego tuve que echarle valor y determinación. Partía de cero, y conseguí lo que tengo hoy en día con mucho esfuerzo.

Ellen lo miró con curiosidad.

—Entonces... ¿no nació con todo esto? –inquirió, señalando el lujoso interior del coche con un ademán.

Él soltó una risa seca.

—No. Trabajé cinco años en la construcción para comprar una granja ruinosa que me pasé dos años reformando con mis propias manos y que luego vendí. Con los beneficios que obtuve compré otra propiedad y así una y otra vez, hasta llegar a donde estoy –le explicó–. ¿Mejora eso en algo la opinión que tiene de mí? –inquirió con una sonrisa mordaz.

Ellen tragó saliva.

—Lo respeto por todo lo que ha tenido que trabajar para convertirse en el hombre rico que es ahora –respondió–. Mi única objeción hacia usted, señor Vasilikos, es que quiere comprar Haughton, y yo no quiero vendérselo.

Solo entonces cayó en la cuenta de que había vuelto al asunto del que no quería hablar, de venderle su hogar, pero, paera alivio suyo, él cambió de tema.

—Dígame, ¿qué edad tenía cuando su madre murió?

Ella se quedó mirándolo con los ojos muy abiertos. ¿A qué venía una pregunta tan personal, tan indiscreta?, se dijo contrariada. Pero entonces recordó algo que él había dicho: «Cuando murió mi madre...».

—Quince años –contestó–. Murió en un accidente de coche.

–Yo tenía nueve cuando la mía murió –dijo él. Su voz había sonado neutral, pero era evidente que aquello lo había marcado–. Murió de cáncer de pulmón –se quedó callado un instante–. No es una edad fácil para perder a uno de tus padres.

–A ninguna edad lo es –le espetó ella en un tono quedo.

Era extraño que aquel hombre que pertenecía a un mundo tan distinto hubiera pasado por una tragedia similar a la suya, que, a pesar de ser tan diferentes, tuvieran eso en común.

–Es verdad –murmuró él.

Y durante un buen rato permaneció callado, con la mirada fija en la carretera.

Poco después se incorporaron a la autopista. Max iba pensando, complacido, en que parecía que Ellen Mountford estaba dejando a un lado la permanente inseguridad que la había dominado hasta ese momento.

Probablemente también ayudaba el hecho de que, como él iba conduciendo y tenía que estar pendiente de la carretera, podían hablar sin tener que mirarse. Parecía que eso la hacía sentir menos presión.

Pero había algo más, lo presentía. Cuando él había mencionado a su madre, y le había preguntado por la suya, había habido una especie de sintonía entre ellos, un momento de sinceridad por parte de ambos, durante el que se habían mostrado tal como eran.

Apartó de su mente esos pensamientos y, aprovechando que estaban pasando junto al castillo de Windsor, aprovechó para sacar un tema más ligero de conversación, preguntándole algo acerca de la familia real británica. Ella le respondió de inmediato, y él siguió concatenando preguntas para hacer que siguiese hablando.

Empezaba a darse cuenta de que en realidad no era tímida en absoluto. Lejos de su madrastra y su hermanastra se mostraba considerablemente más locuaz. De hecho, era evidente que cuando no estaba en la compañía de Pauline y Chloe estaba mucho más relajada.

Sus facciones se volvían más animadas, sus ojos más vivaces, y eso casi lo hacía olvidarse de su poblado entrecejo. Lo que no entendía era por qué descuidaba de ese modo su aspecto personal.

¿Por qué se abandonaba de esa manera, cuando era evidente que arreglándose un poco podría tener mucho mejor aspecto? Esa pregunta siguió rondando su mente mientras se adentraban en Londres y se dirigían al West End.

Cuando detuvo el coche frente a su hotel, en Piccadilly, Ellen se giró hacia él sorprendida.

–Creía que íbamos a las oficinas de la fundación –le dijo–... para que les presentara mi proyecto.

Max le sonrió misterioso.

–No exactamente –respondió, y se bajó del coche.

El portero del hotel abrió la puerta de Ellen, y cuando se bajó vio a Max dándole las llaves al aparcacoches. De pronto, ante la fachada de aquel lujoso hotel se sintió avergonzada de su descuidado aspecto. No se sentía digna de entrar en un lugar así, y mucho menos en compañía de un hombre tan elegante como Max Vasilikos.

–Por aquí –le dijo él, ajeno a sus tribulaciones.

Entraron por la puerta giratoria del hotel, y cruzaron el enorme vestíbulo hasta llegar a los ascensores.

Se subieron en uno de ellos, y cuando las puertas se abrieron observó, con el ceño fruncido, que estaban en el ático, y que Max la conducía a una de las suites. Al entrar, miró a su alrededor confundida, fijándose en la lujosa decoración de la amplia antesala, con un ventanal que iba del suelo al techo y se asomaba al parque Saint James.

–Me temo que no me expliqué bien cuando le dije lo de presentarle su proyecto a la fundación –le dijo Max–. Verá, en realidad no va a presentárselo ahora mismo, sino esta noche –le aclaró con una sonrisa–; en la fiesta.

Ellen se quedó mirándolo aturdida.

–¿En la fiesta?, ¿qué fiesta? –inquirió sin comprender.

–Es una fiesta benéfica que organiza cada año la fundación en este hotel para recaudar fondos. Se sentará conmigo. En nuestra mesa se sienta también el director de la fundación, así que podrá charlar con él, hablarle de sus acampadas y de los fondos que necesitarían para poder ampliar el proyecto.

Ellen se sintió como si el suelo desapareciese bajo sus pies.

–¡Yo no puedo ir a una fiesta! –exclamó.

Aquel hombre estaba loco, ¡completamente loco!

–Pues tengo que decirle –murmuró Max con una voz aterciopelada y una sonrisa tentadora– que en eso está muy, pero que muy equivocada.

Capítulo 5

ELLEN inspiró. O lo intentó. Era como si no quedara ni una pizca de aliento en su cuerpo, como si un cepo estuviera atenazando sus pulmones. Un sentimiento de horror la invadió, horror ante la idea de que Max Vasilikos la paseara por esa fiesta de su brazo. La vergüenza que pasaría sería insoportable... ¡espantosa! Tan espantosa como se veía ella rodeada de gente guapa y bien vestida. Se sintió palidecer, y se le revolvió el estómago.

—Si lo que le preocupa es que no tiene nada que ponerse, no se angustie —le estaba diciendo Max Vasilikos—. Haré que le traigan un vestido de su talla apropiado para la ocasión. Pero primero almorzaremos, y luego la dejaré en las manos de las estilistas que he contratado. Ya está todo preparado. ¿Le apetece beber algo antes de comer? Parece un poco pálida.

Sin esperar una respuesta, fue hasta el mueble bar y le sirvió una generosa copa de jerez.

—Bébaselo —le dijo en un tono alegre.

Ellen, que se notaba floja, tomó la copa pero no se la llevó a los labios, sino que hizo un esfuerzo por hablar, aunque su voz sonó como una bisagra que necesitara que la engrasaran.

—Señor Vasilikos... yo... ¡no puedo hacer esto! Todo

esto es muy... amable... –tragó saliva– por su parte, pero... pero... no, no puedo. Es imposible de todo punto. Impensable –zanjó desesperada, intentando imprimir firmeza en esa última palabra.

No funcionó. Él se quedó mirándola y le preguntó:

–¿Por qué? Se divertirá; se lo prometo –la animó con una sonrisa.

Ellen volvió a tragar saliva.

–No soy una persona muy sociable, señor Vasilikos –le dijo–. Creo que es bastante obvio.

Él no se daba por vencido.

–Le hará bien –insistió.

Llamaron a la puerta y Max fue a abrir. Era el servicio de habitaciones; les llevaban el almuerzo. Cuando los camareros hubieron puesto todo en la mesa, se marcharon.

–Venga, sentémonos –la llamó Max.

Ellen vaciló, pero al bajar la vista a su copa se dio cuenta de que se había bebido la mitad; sería mejor que comiese algo. Sí, comería algo, pero no pensaba quedarse; le daría las gracias, se disculparía y volvería a casa. Aunque fuera una vía más indirecta, tal vez, si le escribiera una carta al director de la fundación, también tomaría en consideración su proyecto.

Probó la comida del plato que tenía delante –una terrina de marisco con salsa de azafrán–, y tuvo que admitir para sus adentros, a pesar de que tenía la cabeza en otra parte, que estaba deliciosa.

–¿Ha salido a correr esta mañana? –le preguntó Max Vasilikos.

Ellen alzó la vista.

–Lo hago todas las mañanas –contestó–. Además,

doy clases de gimnasia y soy entrenadora del equipo del colegio, lo cual me mantiene bastante activa.

–¿Hockey? –inquirió él con interés.

Ella negó con la cabeza.

–*Lacrosse.* ¡Es un deporte muy superior! –exclamó, sin poder reprimir una nota de entusiasmo en su voz.

Nada podría diluir la pasión que sentía por el *lacrosse;* ni siquiera la absurda idea de que Max Vasilikos pretendiera llevarla a una fiesta. ¡A ella!, ¡a una fiesta!, ¡por el amor de Dios...!

Pues no iba a ir a ninguna fiesta. Ni con él, ni sin él. Ni esa noche, ni ninguna otra. Así que no tenía sentido preocuparse por ello.

Lo que tenía que hacer era no pensar en ello, disfrutar de aquel delicioso almuerzo y luego salir de allí y tomar un taxi a la estación. De hecho, ya que estaba en Londres, podría pasarse por el Museo de Historia Natural, en South Kensington, recopilar algunas ideas para sus clases de geografía. Sí, eso haría, se dijo, y se relajó un poco. Max Vasilikos no podía obligarla a ir a esa fiesta.

–¿El *lacrosse* no es algo violento? –inquirió Max frunciendo el ceño.

Ella sacudió la cabeza.

–No, está usted pensando en el *lacrosse* masculino. ¡Ese sí que puede ser muy violento! Pero aunque el juego sea más suave, el femenino es muy rápido e igual de emocionante. Me encanta; no hay un deporte mejor.

–¿Jugaba en el equipo del colegio cuando estudiaba? –le preguntó Max.

Se alegraba de oírla hablar sin esa nota de pánico que había notado en su voz cuando le había mencio-

nado lo de la fiesta. Además, era una novedad agradable para él estar almorzando con una mujer y que no
flirteara con él constantemente, pestañeando con co-
quetería o mirándolo con ojos de cachorrito perdido.
Ellen Mountford era cualquier cosa menos predecible;
con ella no se aburría uno. Y era refrescante poder charlar con una mujer de deportes y ejercicio, dos cosas con
las que él disfrutaba enormemente.

Ellen asintió.

—Jugaba de alero —dijo—. Tienes que correr un montón.

—¿Y Chloe? —le preguntó él—. ¿También era deportista?

Estaba seguro de que no lo habría sido, pero quería
oír qué diría Ellen de la hermanastra con la que parecía
tan resentida. ¿Hablaría de ella con desprecio por ser
una remilgada?

Ellen se puso seria.

—No, los deportes no van con ella.

Max escogió sus siguientes palabras con cuidado.

—Debió de ser difícil para ella, volver a empezar en
un colegio nuevo después de que su madre se casara
con su padre. Me imagino que se apoyaría mucho en
usted para que la ayudara a adaptarse.

Las facciones de Ellen se endurecieron. ¿La había
tocado en la fibra sensible?, se preguntó Max. Esperaba
que sí. Lo único que pretendía era que se diese cuenta
de que su resentimiento la mantenía atrapada, que estaba amargada y que debería dejar atrás el pasado y
avanzar. Tenía que superar ese resentimiento hacia su
madrastra y su hermanastra y dejar de utilizar su parte
de la propiedad como un arma contra ellas.

Y por eso estaba intentando sacarla de su caparazón, mostrarle lo amplio que era el mundo que había más allá de los estrechos confines entre los que se había encerrado, que disfrutase de la vida.

¿Y con qué podría disfrutar más que con una fiesta? Aunque le hubiese entrado el pánico cuando se lo había dicho, estaba seguro de que se lo pasaría muy bien. Solo tenía que darse a sí misma esa oportunidad.

En cualquier caso, no quería presionarla. Por el momento solo quería que siguiese así, relajada, así que, en vez de esperar a que respondiera a su incisivo comentario sobre Chloe, volvió al tema del deporte.

—¿Y sigue algún programa de ejercicio? —le preguntó—. Me da la impresión de que hace pesas. ¿Me equivoco?

Para su sorpresa, Ellen se sonrojó.

—Supongo que salta a la vista, ¿no? —murmuró—. Chloe dice que me hace parecer masculina, pero yo disfruto haciendo pesas.

¿Era su imaginación, o se había puesto a la defensiva? Su tono le había sonado incluso algo desafiante.

—Alterno pesas y cardio, pero no me gusta la bicicleta; prefiero correr. Sobre todo porque tengo un sitio privilegiado por donde salir a correr y...

De pronto se quedó callada y su mirada se ensombreció, como si estuviese pensando que, si él adquiría Haughton, ya no podría salir a correr por allí por las mañanas.

—¿Y qué me dice del remo? —preguntó Max, interrumpiendo sus pensamientos—. Es una buena combinación unida a los ejercicios de cardio y de fuerza. La verdad es que a mí es lo que más me gusta; pero solo en una máquina de remo, no en el agua –le confesó con una sonrisa–. De los deportes acuáticos prefiero la natación, la vela o el windsurf.

Ellen sonrió.

–Bueno, desde luego tienen el clima idóneo para eso en Grecia. Y debe de ser genial no tener que ponerse un traje de neopreno –comentó con envidia.

–En eso estamos de acuerdo –respondió Max con una sonrisa.

Se esforzó por mantener la conversación así, distendida, y le preguntó por su experiencia. Ellen le explicó que únicamente había practicado windsurf en las excursiones con el colegio al estrecho de Solent... donde por la fría temperatura del agua era imposible bañarse sin un traje de neopreno.

Max, por su parte, le habló con entusiasmo de lo increíble que era practicar deportes acuáticos en climas más cálidos, y le recomendó varios sitios que conocía bien. Quería abrir su mente a la posibilidad de viajar y explorar el ancho mundo cuando se liberara de ese encierro que se había autoinfligido, cuando dejara de aferrarse a Haughton.

Solo cuando hubieron terminado el postre, una extraordinaria tarta al limón, se dispuso a reconducir la conversación al motivo por el que la había llevado allí.

–Tenemos tiempo para un café –dijo mirando su reloj–, porque dentro de un rato llegarán las estilistas y tendré que dejarla con ellas –añadió con una sonrisa.

El tenedor de Ellen cayó ruidosamente sobre el plato, y su expresión relajada se tornó al instante en una de pánico.

–Mire, señor Vasilikos –comenzó a decirle con una voz tan tensa como sus facciones–, yo... estoy segura de que su intención es buena, pero de verdad... de verdad que no quiero ir a esa fiesta. Para mí sería... –tragó saliva– horrible.

Max la miró a los ojos. No iba a dejar que volviese a encerrarse en sí misma.

–¿Por qué?

Ellen se aferró con ambas manos al borde de la mesa y se obligó a hablar.

–Por algo que usted mismo me dijo en Haughton, cuando yo había salido a correr y se encontró conmigo –le explicó–. Dijo que no me parecía en nada a Chloe; no podría haberlo dejado más claro. Y tiene toda la razón: no estoy a su altura y jamás lo estaré. Ya hace tiempo que lo acepté; no soy de esas personas que se engañan a sí mismas, se lo aseguro. Sé muy bien que no soy guapa, ni tengo buen tipo, y precisamente por eso me sentiría incómoda yendo a una fiesta como esa. La sola idea de ponerme un vestido caro e intentar... e intentar parecerme a Chloe...

No pudo continuar porque se le quebró la voz. Sentía náuseas, como si la propia Chloe estuviese allí, muerta de la risa ante la mera idea de que alguien como ella pudiese ir a una fiesta... ¡y con Max Vasilikos, nada menos! Cerró los ojos con fuerza un momento antes de volver a abrirlos.

–Sé lo que soy, lo que siempre he sido –le espetó a Max Vasilikos–. Mido casi un metro ochenta, calzo un cuarenta y en el gimnasio soy capaz de levantar cincuenta kilos de peso. Comparada con Chloe soy como un elefante –añadió con el rostro contraído.

Sí, odiaba su cuerpo, y ese sentimiento estaba consumiéndola por dentro. Max Vasilikos estaba observándola, como pensativo.

—Dígame: ¿le parece que Chloe es guapa? —le preguntó abruptamente.

Ellen se quedó mirándolo.

—¿Qué clase de pregunta es esa? ¡Pues claro que lo es! Es todo lo que yo no seré nunca: delicada, increíblemente esbelta, pelo rubio, ojos azules...

—¿Y si yo la describiera... digamos... como una gallina escuálida, qué diría?

Ellen no dijo nada. Solo se quedó mirándolo, sin comprender.

—No me creería, ¿verdad? —apuntó él en un tono incisivo—. ¿No se da cuenta de que es usted la única que se ve como un elefante?

Ellen apretó la mandíbula.

—Chloe también lo piensa.

De hecho, disfrutaba picándola con el sobrenombre de «Ellefanta». Se lo llamaba constantemente y se burlaba de ella. Había estado atormentándola desde que el buitre de su madre y ella habían hecho añicos su vida, metiéndose con ella por lo grandota y torpe que era, por lo fea y repulsiva que era. La trataba como a un bufón, alguien de quien reírse y a quien mirar con desprecio. Ellen la Elefanta...

Max gruñó, y sus ojos relampaguearon.

—¿Y nunca se le ha ocurrido que a Chloe, con lo escuchimizada que está, hasta un galgo le parecería un elefante? —inspiró y sacudió la cabeza murmurando algo en griego.

Ellen no podía hacer otra cosa que mirarlo aturdida,

mientras la asaltaban dolorosos recuerdos de años y años de crueles pullas de Chloe sobre su aspecto.

–Soy consciente –dijo él con énfasis– de que por alguna razón la industria de la moda, las revistas, el cine... consideran hermosa la delgadez extrema, y Chloe desde luego se ajusta a ese tipo de canon, pero... –al ver que ella abría la boca para replicarle, levantó una mano para que le dejase acabar–. Pero eso es absolutamente irrelevante. Porque usted, Ellen... –hizo una pausa, y cuando prosiguió su voz sonó ronca–. Usted tiene el cuerpo de una diosa –dijo sin apartar sus ojos de los de ella–. De una diosa.

Se hizo un completo silencio. Max se quedó mirándola, pero no dijo nada más; solo se quedó observándola para ver su reacción. Y, como en una secuencia a cámara lenta, sus mejillas se tiñeron de rubor, y luego de pronto se puso pálida y lo miró con los ojos muy abiertos, angustiada.

–No –le suplicó–. Por favor, no...

–No me diga que no es verdad porque lo he visto –le dijo él–. Lo vi el otro día, cuando había salido a correr.

Ellen se sintió azorada al recordar que solo había llevado puestos un top deportivo y unos pantalones cortos de chándal.

–Y le aseguro que me gustó lo que vi. Me gustó, Ellen –murmuró Max–. Mucho –se echó hacia atrás en su asiento y esbozó una sonrisa–. He visto a muchas mujeres con una figura fantástica, así que puede fiarse de mi juicio. Y también puede confiar en que, cuando hago una promesa, la cumplo –de pronto se puso serio–. Esta es la promesa que le hago: le haré una donación de quince mil libras para su proyecto si accede a lo que voy a proponerle. Se pondrá en las manos de las estilistas que he contratado y dejará que se ocupen de usted. Cuando hayan terminado, si sigue sin querer venir a la fiesta conmigo, la dejaré marchar y le daré un cheque por esa suma. Pero, si cambia de opinión y me acompaña, haré una donación por el doble de esa cifra. ¿Hecho?

Ellen se quedó mirándolo anonadada. Quince mil libras... Le daba igual que le ofreciera el triple por ir a la fiesta; de ninguna manera accedería a pasar por un calvario semejante. Por muy bien que hicieran su trabajo esas estilistas, se sentiría como un pez fuera del agua en un evento así. «Aunque la mona se vista de seda, mona se queda...». Y, sin embargo, en su mente resonaban sus palabras: «el cuerpo de una diosa»...

–¿Y bien? –la instó él.

Le había tendido la mano por encima de la mesa. Ellen se quedó mirándola vacilante, lo miró a él, y despacio, muy despacio, se encontró alargando también la suya.

–Estupendo –dijo Max, estrechándosela con visible satisfacción–. Trato hecho.

Las estilistas le estaban haciendo de todo. No sabía muy bien qué, pero no le importaba. Ni siquiera que estuviesen usando pinzas, maquinillas y cera caliente. Ellen había cerrado los ojos y se estaba dejando hacer, mientras se centraba en lo bien que le irían a su proyecto esas quince mil libras que Max Vasilikos le había prometido.

Eran tres mujeres las que andaban revoloteando y

parloteando a su alrededor mientras hacían su trabajo. Todas estaban tan flacas como Chloe, todas vestían a la moda, llevaban tacones de diez centímetros, peinados a la última y montones de maquillaje. Su conversación giraba en torno a clubs nocturnos, cantantes, estrellas de cine y modistas, y parecía que estaban muy al tanto sobre todas esas cosas.

Por su aspecto les echaba veintipocos años, pero a ella la hacían sentirse como si tuviera treinta. Y teniendo en cuenta que lo que estaban intentando era tarea imposible –ponerla presentable para esa fiesta a la que no pensaba ir–, confiaba en que al menos Max Vasilikos les hubiera pagado generosamente, para que eso les diera algún consuelo.

¡Dios!, Chloe se reiría como una hiena si pudiese verla en ese momento. De hecho, si estuviera allí estaría grabándola con el móvil y subiendo los vídeos a las redes sociales para burlarse con sus amigas, tan maliciosas como ella, y estarían todas divirtiéndose de lo lindo. ¡Ellen la Elefanta intentando parecer sofisticada! ¡Menuda risa! ¡Qué horriblemente patético!

En cuanto tuviera en su mano ese cheque entraría en el baño de la suite, se lavaría la cara, se pondría otra vez su traje gris y volvería a Haughton, que sería solo suyo durante las próximas semanas, mientras Pauline y Chloe estuvieran fuera, suyo para disfrutarlo... mientras pudiera.

Max Vasilikos estaba empeñado en arrebatárselo, y le daba la impresión de que era uno de esos hombres que tenían que ganar a cualquier precio. ¿No era eso lo que estaba intentando hacer con ella?, ¿tratando de someterla con sus halagos? ¡Decirle que tenía el cuerpo de una diosa!

De pronto se dio cuenta de que la estilista que le estaba haciendo la manicura le estaba hablando.

—¡Qué suerte tiene de que Max Vasilikos vaya a llevarla a esa fiesta! —estaba diciéndole con envidia—. ¡Está como un tren!

—No es una cita —replicó ella azorada, pero intentando mostrarse calmada—. Es un evento benéfico para recaudar fondos.

Y además no iba a ir con él, añadió para sus adentros.

—El año pasado llevó a Tyla Brentley —intervino la chica que estaba arreglándole el pelo—. Causó sensación.

—Su vestido era alucinante —dijo la tercera, que estaba poniéndole rímel.

—Era de Verensiana, y los zapatos de Senda Sorn —les informó la primera—. Y también llevó un Verensiana al Festival de Cine de este año; por lo visto es su diseñador favorito. Fue acompañada de Ryan Rendell, por supuesto. ¡Es tan, pero tan evidente que están juntos! —exhaló un suspiro y le dijo a Ellen con una sonrisa—: Ahora que ya no está con Max Vasilikos no tienes que preocuparte por rivalizar con ella.

Ellen dejó que siguieran cotorreando, y no se molestó en refutar sus descabelladas suposiciones respecto a Max y ella. Terminada la manicura, la chica le secó las uñas con un secador y, junto con las otras dos, que también habían acabado, dio un paso atrás para mirarla.

—Estupendo —anunció—. ¡Vamos con el vestido!

Resignada, Ellen se levantó, como le pidieron, y se quitó la bata de algodón en que la habían enfundado, quedándose en ropa interior: un sujetador con aros y

escote abalconado, braguitas de encaje y medias ne-
gras; nada que ver con la sencilla ropa interior de algodón que ella usaba.

En cuanto al vestido que habían elegido para ella,
tampoco le importaba cómo fuera porque no lo tendría
puesto mucho tiempo; lo justo para decirle a Max que
le diese el cheque que le había prometido.

Sin embargo, cuando una de las estilistas se acercó
con él, se le cortó el aliento.

–¿Verdad que es fabuloso? –dijo otra.

–Sí, pero es... es...

–Un vestido eduardiano –le informó la tercera–.
¿No sabía que es una fiesta de disfraces? Todos los invitados tienen que ir vestidos de la época eduardiana.

No, Max no se lo había dicho, aunque suponía que
tampoco importaba, ya que no iba a ir. El trío le colocó
un corsé, tiraron de las cintas para que se le quedara
bien ajustado, y la ayudaron a meterse en la amplia y
larga falda drapeada de color rojo oscuro. Y ella, entre-
tanto, no podía pensar más que en que iba a ser una
pesadilla quitarse aquel vestido. ¡Debía de tener como
un millar de botones!

Capítulo 6

RA UNA suerte que el atuendo masculino de gala de la época eduardiana no distara demasiado del actual, pensó Max mientras acababa de hacerse el lazo de la corbata. El de las mujeres, en cambio, era muy distinto. Un brillo travieso asomó a sus ojos. Estaba impaciente por ver a Ellen. Aquello iba a costarle quince mil libras, pero sería un dinero bien gastado, eso seguro, y no solo porque fuera a destinarse a una buena causa.

Se ajustó los gemelos y fue al mueble bar para sacar una botella fría de champpán y dos copas. Al oír abrirse la puerta detrás de él, se giró. No eran las estilistas, que acababan de marcharse, charlando animadamente entre ellas, sino Ellen.

«¡Sí!», exclamó para sus adentros al verla. Hasta tuvo que reprimir el impulso de levantar el puño en señal de triunfo. «¡Sí, sí, sí!».

Ellen se detuvo y sus facciones se contrajeron.

–Bueno, ¿y ese cheque que me prometió?

No quería parecer grosera, pero se sentía horriblemente incómoda con Max mirándola con ojos de halcón. Aunque aún no se había mirado en el espejo –¡no lo soportaría!–, sabía exactamente qué vería: una mujer grandota y torpe embutida en un disfraz ridículo. Estaba segura de que ni el maquillaje había servido de nada, porque con una cara como la suya no se podía hacer nada.

Pues le daba igual, exactamente igual. Lo único que ella quería era que le diera el cheque que le había prometido para poder quitarse aquel absurdo disfraz y volver a casa.

Max esbozó una sonrisa y se metió una mano en el bolsillo interior de la chaqueta.

—Aquí lo tiene —dijo tendiéndoselo.

Azorada, Ellen se acercó para tomarlo. Cuando leyó el cheque, frunció el ceño y alzó la vista hacia él.

—Pero aquí pone «treinta mil libras»... —objetó.

—Pues claro —respondió él afablemente—. Porque va a venir a la fiesta conmigo. Ya que estamos los dos engalanados, mirémonos en el espejo para ver qué tal estamos.

La tomó por el brazo y la giró hacia un enorme espejo que colgaba de la pared diciéndole:

—Mírese, Ellen.

Cuando lo hizo, se quedó sin habla. No podía hacer otra cosa más que eso, mirar anonadada su reflejo. El vestido, de seda en color rojo rubí, le hacía cintura de avispa, caía en cascada hasta sus pies con una breve cola, y tenía un generoso escote realzado por el corsé. El cabello se lo habían recogido en un moño pompadour con algunos bucles sueltos enmarcándole el rostro. Además, con el maquillaje sus ojos parecían más grandes, sus pestañas más largas y espesas, sus pómulos más definidos y sus labios más carnosos.

—¿Qué le había dicho? —le susurró él—. Es usted una diosa.

Por la expresión de su rostro era evidente que Ellen estaba teniendo una profunda revelación. Estaba viendo en el espejo, por primera vez en su vida, a alguien a quien no había visto antes; estaba viéndose a sí misma: una mujer increíblemente hermosa.

–Es como Artemisa –murmuró Max–, la diosa griega de la caza: esbelta, fuerte y tan, tan hermosa...

Dejó que sus ojos recorrieran lentamente su reflejo, admirando su rostro y su figura ahora que por fin le habían sido revelados en todo su esplendor. Frunció el ceño. ¿Qué había sido de aquellas gafas tan poco favorecedoras?

–¿Se ha puesto lentes de contacto? –le preguntó.

Ella sacudió ligeramente la cabeza.

–En realidad, solo necesito gafas para conducir, pero normalmente las llevo porque... –se quedó callada y tragó saliva.

Max no dijo nada, pero sabía por qué. Ahora comprendía por qué las llevaba. Ellen apartó la vista y con voz entrecortada, continuó:

–Las llevo para decirle al mundo que sé perfectamente lo poco agraciada que soy, que lo he aceptado, y que no voy a ponerme en ridículo tratando de parecer lo que no soy, que no pretendo intentar...

Se le quebró la voz, y Max concluyó aquellas dolorosas palabras con las que parecía estar condenándose a sí misma.

–Que no pretende intentar competir con su hermanastra –dijo en un tono quedo.

Ellen asintió.

–Es patético, lo sé, pero...

Max la asió por el brazo y la hizo girarse hacia él.

–¡No! ¡No piense así de usted! –la increpó con vehemencia, y casi con fiereza–. Ellen, no sé exactamente de qué ha llegado a convencerse, pero tiene un concepto completamente equivocado de sí misma –hizo una pausa e inspiró–. ¿No se da cuenta de que no tiene que competir con Chloe? Si le va lo de estar delgada como un palillo porque está de moda, ¡pues que lo disfrute! Pero usted... –su tono se suavizó de repente–. Usted tiene una belleza muy distinta –señaló su reflejo con un ademán–. ¿Cómo puede negarlo?

Ellen se miró de nuevo en el espejo, aún anonadada. Su mente seguía intentando negar lo que Max le decía, lo que su reflejo le decía: que aquella mujer que veía era una mujer deslumbrante, y que esa mujer era... ella...

¡Pero es que era imposible! Era Chloe quien era preciosa, quien se ajustaba a los cánones de belleza establecidos. Era la lógica que le había impuesto ella misma con cada pulla, con cada mirada de desprecio... durante años. Y lo peor era que todo aquello había empezado en la etapa más vulnerable, en la adolescencia, cuando Chloe había llegado a su vida y había envenenado su mente, destruyendo su autoestima.

Pero... ¿quién podría decir que la mujer que se reflejaba en el espejo no era guapa? Una profunda emoción la embargó.

–No puede negarlo, ¿verdad? –insistió Max–. No puede negar su propia belleza, Ellen, aunque sea tan distinta de la belleza de Chloe como lo son el sol y la luna. ¿Sabe qué?, vamos a hacer un brindis –le dijo, y la llevó a la mesita donde había dejado las copas y la botella de champán–. Un brindis por la diosa que llevaba dentro aunque no lo sabía.

Descorchó la botella, les sirvió a ambos y le tendió una de las copas.

Ellen la tomó, aturdida, mirándolo con los ojos muy abiertos, como si estuviera en un sueño.

Max levantó su copa y dijo:

—¡Por la hermosa Ellen!

Los dos bebieron, y ella sintió el cosquilleo del champán en la lengua, y una sensación de calor que nada tenía que ver con la bebida.

Los labios de Max se curvaron en una sonrisa sensual.

—No habrá un solo hombre en la fiesta que no me envidie al verla de mi brazo —le dijo—. Será la sensación de la noche.

Sus palabras recordaron algo a Ellen, cuyo rostro se ensombreció.

—Esas chicas... las estilistas... dijeron que el año pasado llevó a Tyla Brentley, y que ella sí que causó sensación.

Al advertir el pánico en su voz, Max comprendió que de nuevo la falta de autoestima estaba haciendo mella en Ellen.

—Bueno, era de esperar —respondió con estudiada indiferencia, encogiendo un hombro—. Es muy famosa, y le encanta que la miren; su insaciable ego se alimenta de momentos como ese.

Ellen no parecía muy convencida, y Max, que quería borrar por completo sus dudas, se llevó la copa a los labios y la recorrió lentamente con la mirada.

—No voy a negar que Tyla tiene buen tipo, pero le aseguro que no tiene nada que no tenga usted. Su hermanastra es como un chihuahua —le dijo riéndose—, y

Tyla es... no sé, como una gacela, pero usted... –fijó sus ojos en los de ella–. Usted, Ellen... ¡es una leona! –le sonrió y levantó su copa a modo de tributo.

De pronto se dio cuenta de lo importante que era para él que Ellen creyese lo que le estaba diciendo y que creyese en su recién descubierta belleza. Y lo más curioso de todo era que no tenía nada que ver con su plan para hacerse con Haughton.

En ese momento llamaron a la puerta de la suite. Max se apartó de Ellen, que seguía aturdida frente al espejo, y fue a abrir.

–¡Ah, adelante! –lo oyó exclamar.

Ellen se volvió, y vio entrar a un hombre vestido con traje que llevaba un maletín. ¿Qué demonios...?

–Bueno, ¿qué nos trae, Maurice? –le dijo Max.

El hombre, que había apoyado el maletín en la mesa, lo abrió, y Ellen se quedó boquiabierta. Contenía joyas –de diamantes, esmeraldas, zafiros, rubíes...– cuidadosamente dispuestas sobre un revestimiento de terciopelo negro.

Cuando sus ojos se posaron en un conjunto de collar, pulsera, pendientes y anillo de rubíes, se le hizo un nudo en la garganta. Alargó una mano trémula hacia el collar.

–Ah, sí, rubíes... –dijo Max–. Irán muy bien con su vestido.

El joyero empezó a sacar cada pieza del conjunto.

–Ha hecho una excelente elección –dijo–. ¿Me permite? –inquirió levantando el collar.

Aturdida, Ellen se puso de espaldas a él y dejó que se lo pusiera. Cuando se lo hubo abrochado, el joyero le tendió un espejo de mano para que pudiera vérselo puesto.

Max la observó mientras se miraba. Una extraña expresión cruzó por su rostro mientras se llevaba una mano al pecho para tocar el collar, casi con miedo, como si fuese un espejismo que solo con rozarlo fuera a desvanecerse.

–Perfecto –le dijo Max satisfecho al joyero–. Póngale el resto del conjunto para que veamos cómo le queda.

Aquella extraña expresión volvió a dibujarse en las facciones de Ellen, pero extendió el brazo obedientemente para que el joyero le abrochara la pulsera. Luego el hombre le tendió los pendientes, para que ella misma se los pusiera, pero cuando ya solo faltaba el anillo le miró las manos y vaciló, como si se temiera que fuera a quedarle pequeño.

–Me quedará bien, no se preocupe –le dijo ella.

Parecía muy segura. Tomó el anillo y lo deslizó con cuidado en su dedo. Y le quedaba bien, tal y como había predicho. Se quedó mirándolo un momento, como si estuviera en trance, y luego de repente se irguió y a Max le pareció que un sutil cambio se había producido en ella. Parecía más resuelta, y hasta daba la impresión de que tuviera más confianza en sí misma.

–Estupendo –dijo Max–. Ha llegado el momento –añadió con un brillo travieso en la mirada, ofreciéndole su brazo–: vamos a esa fiesta.

Al entrar en el salón de baile del hotel, Ellen apretó el brazo de Max, se irguió y avanzó junto a él con la barbilla bien alta. Debería estar nerviosa, pero no lo estaba. Probablemente ayudaba la copa de champán que se había tomado, y aunque no sabía qué era, estaba segura de que el alcohol no era lo que hacía que se sintiese tan resuelta.

Se dio cuenta de que la gente la miraba; por primera vez en su vida la miraban, y sintió un cosquilleo de emoción. Claro que no la miraban solo a ella, sino también a Max, que estaba guapísimo. «Es que hacemos tan buena pareja...».

Aquel pensamiento había acudido a su mente de improviso, y aunque en un primer momento se reprendió por haber pensado algo así... era la verdad: hacían buena pareja; al mirarse en el espejo había visto lo bien que les quedaban a los dos sus disfraces. Pero no eran pareja, solo era su acompañante; eso era lo que tenía que recordarse. Eso, y otra cosa más importante: que Max Vasilikos solo estaba haciendo aquello para ablandarla, para persuadirla de vender Haughton.

Y, sin embargo, aunque lo sabía, no le importaba. ¿Cómo iba a importarle cuando Max la había liberado del maleficio que Chloe había lanzado sobre ella años atrás?

Solo ahora se daba cuenta de hasta qué punto las pullas de su hermanastra habían nublado su mente, de cómo habían distorsionado la imagen que tenía de sí misma, de lo maltrecha que habían dejado su autoestima.

Se le hacía extraño pensar en lo desafiante que se había mostrado siempre con Pauline y su hija, y cómo, en cambio, habían mantenido subyugado su subconsciente todo ese tiempo. Pero eso se había acabado. Una sensación de poder, de confianza en sí misma, la inundó, y se llevó la mano al collar y acarició los rubíes con emoción contenida. Alzó la vista hacia Max y le sonrió.

Él sonrió también, como si comprendiera los sentimientos que la embargaban, y le dijo:

—Disfrute este momento.

¡Vaya si iba a disfrutarlo! Era su momento.

Como Max le había dicho, tenía sentado a su izquierda, en la mesa que les correspondía, al director de la fundación benéfica, que la escuchó atentamente mientras le hablaba de los campamentos que organizaba, y le dijo que estarían encantados de ayudarla a financiarlos.

Cuando terminaron de hablar y el director se puso a charlar con la persona sentada a su izquierda, Ellen se volvió hacia Max.

—¡Gracias! —le siseó emocionada.

Y no le estaba dando solo las gracias por haberla ayudado con su proyecto, ni por el cheque que le había dado, sino también por haberla librado del maleficio de Chloe.

Él la miró de un modo extraño, como si estuviese pensando en algo pero no se atreviese a decirlo.

—¿Podemos tutearnos? —le preguntó.

—Claro.

Max levantó su copa de vino.

—Pues brindo por que tengas un futuro mejor —dijo esbozando una sonrisa.

Ellen no entendía muy bien qué quería decir, pero le devolvió la sonrisa y levantó también su copa.

—Gracias —le dijo, y brindaron.

Mientras bebían, Max mantuvo sus ojos fijos en los suyos. Era una mirada tan intensa que se le subieron los colores a la cara y el corazón le palpitó con fuerza.

Al final de la cena se pronunciaron varios discursos, y tras la subasta benéfica la orquesta empezó a tocar un vals, muy acorde con los disfraces eduardianos que llevaban todos los invitados. Ellen, a quien le encantaba la música clásica, reconoció de inmediato la melodía.

—¡Me encanta esta pieza! —exclamó.

—¿No es de la opereta *La viuda alegre*? —preguntó otra de las mujeres sentadas en su mesa.

—Sí, del compositor Franz Lehár —respondió Ellen, y se puso a tararear para sí la melodía al compás de la música.

Algunas personas de otras mesas estaban ya levantándose y dirigiéndose en parejas a la pista de baile. El director de la fundación se giró hacia Ellen con una sonrisa.

—¿Me haría el honor de...?

Pero Max, levantándose se le adelantó antes de que pudiera acabar la pregunta.

—Perdóneme, pero la señorita Mountford me había prometido el primer baile —dijo.

Ellen se sonrojó. El director, que no sabía que no era verdad, claudicó gentilmente con un asentimiento de cabeza, y Max la condujo hacia la pista.

A Ellen el corazón le latía como un loco y su respiración se había tornado agitada.

—Pero es que no sé bailar esto... —protestó mientras se alejaban—. Bueno, sé bailar el vals, pero no sé si el vienés es distinto del inglés. Y además no...

—Tú déjate llevar —la interrumpió Max.

Le rodeó la cintura con el brazo, tomó su mano en la suya y la arrastró consigo hacia el remolino de parejas que bailaban. Mientras giraba con Max al compás de la música, la larga y pesada falda de seda de su vestido se volvió ligera como una pluma. Se sentía como si flotara.

–¿Ves qué fácil es? –le dijo él sonriente–. No ha sido tan horrible como pensabas que sería, ¿a que no?

Ellen supo de inmediato que no se refería solo al baile, sino también a su transformación de esa noche, a ir a aquella fiesta con él. Tenía razón; había resultado tan fácil...

Una sensación de dicha la inundó. Se sentía maravillosamente libre, como si Max hubiese derrumbado los muros que la constreñían.

La orquesta remató la melodía con una floritura, y aunque Ellen se sentía algo mareada cuando dejaron de dar vueltas, se unió a los demás invitados en sus aplausos. El director de la orquesta se volvió, hizo una reverencia para dar las gracias y comenzaron a tocar la siguiente pieza, una polca. A Ellen, que nunca había bailado una polca, le entró el pánico, pero Max la cortó antes de que pudiera decir nada.

–Tú haz lo mismo que yo –le indicó.

Ellen le hizo caso, y cuando se despreocupó se encontró divirtiéndose con aquella rápida y vigorosa danza. Cuando la pieza terminó no pocas parejas estaban sin aliento.

–¡Ha sido muy intenso! –bromeó ella riéndose.

–Pues sí, estos bailes de salón son como una sesión de entrenamiento –asintió Max, tirándose un poco del cuello de la camisa, y abanicándose con la mano–. No sabes cómo te envidió por llevar los hombros y los brazos al aire. ¿Crees que se montaría un escándalo si me quito la chaqueta? No te imaginas el calor que da...

–¡Como hagas eso te pondrán al instante en su lista negra! –le advirtió ella riéndose.

–Bueno, como soy un extranjero y un advenedizo tampoco me importaría –contestó él, y volvió a rodearle la cintura con el brazo cuando comenzó la siguiente pieza.

¡Qué alivio que fuera un vals tranquilo!, pensó, aunque ya no se lo pareció tanto cuando sintió la mano de Max apretarle un poco más la cintura, y cuando sus ojos se encontraron notó que se le subían los colores a la cara.

–¿Te alegras de haber venido? –le preguntó Max.

Una amplia sonrisa acudió a los labios de Ellen.

–¡Ya lo creo! Esto es... ¡maravilloso! Todo, cada momento y cada detalle.

–¿Hasta el corsé que llevas bajo el vestido? –preguntó él con un brillo travieso en los ojos.

–Bueno, eso no –concedió ella.

–Me lo imaginaba. Aunque debo decir que te hace una figura estupenda... –observó Max.

Y se echó un poco hacia atrás para deleitarse con su estrecha cintura, las curvas de sus caderas, el modo en que el escote realzaba sus pechos... «¡No!», se reprendió a sí mismo con dureza, apartando la vista. No debía mirarla así; se suponía que la intención de esa velada era liberar a Ellen de las cadenas que la lastraban, que la hacían querer recluirse en su caparazón en vez de salir al mundo... Solo así conseguiría hacer suyo Haughton. «Pero a ella también podrías hacerla tuya...», le susurró su vocecita interior seductora, insinuante.

Resultaba muy difícil ignorarla cuando tenía el brazo en torno a la cintura de Ellen y ella estaba tan cerca de él, sonriéndole con esos labios de rubí, tan tentadora...

Se sintió aliviado cuando el vals terminó. La condujo de regreso a su mesa, e inmediatamente el director de la fundación se levantó para pedirle el siguiente baile. Ellen aceptó, y Max la observó mientras se alejaban. ¿Era cosa suya, o había parecido reacia a aceptar la invitación del director? No lo sabía. Lo único que sabía era que de repente era como si algo le estuviese royendo las entrañas, algo que le hizo alcanzar la botella de coñac y servirse una copa.

Las otras personas que seguían sentadas a la mesa estaban charlando y una de ellas le pidió su opinión sobre el tema que estaban discutiendo. Max se unió a la conversación por cortesía, pero no podía evitar buscar con la mirada de cuando en cuando a Ellen mientras hablaban.

«Sabes que la deseas...», insistió su vocecita interior. Max apretó la mandíbula. No había nada de malo en que la deseara, pero satisfacer ese deseo podría acarrearle complicaciones.

La cuestión era... ¿acaso importaba? Porque en ese momento, viendo bailar con otro hombre a la mujer a la que había liberado, cuya belleza natural había sacado a la luz, y sintiendo que ese fiero deseo se apoderaba de él, se dio cuenta de que no le importaban en absoluto qué consecuencias pudieran tener sus actos...

Capítulo 7

ELLEN se sentía como si estuviera flotando, y se encontró balanceándose y tarareando un vals, como si aún estuviese bailando. La fiesta había terminado, era más de medianoche, y estaban de nuevo en la suite de Max. Había sido una velada maravillosa.

Miró a Max, que estaba sacando un botellín de agua del mueble bar, con mariposas en el estómago. Estaba tan guapo con su traje eduardiano... ¡Cómo le gustaría pasarse la noche entera entre sus brazos, bailando!

–Bébete esto. Y bébetelo entero –le dijo Max, tendiéndole un vaso de agua–. Mañana por la mañana me lo agradecerás, te lo aseguro.

–Estoy bien –le traquilizó ella–. En serio, estoy perfectamente.

Aun así se bebió el agua, sin apartar los ojos de él, y cuando hubo apurado el vaso se le escapó un bostezo, un bostezo enorme. No podía negar que estaba exhausta.

–Y ahora a la cama –añadió Max.

Aunque no, por desgracia, con él, se dijo este. No sería caballeroso dejarse llevar por lo que le pedía el cuerpo con las copas de champán, vino y licor que Ellen había tomado durante la cena y a lo largo de la fiesta. No estaba borracha, pero sí algo achispada. Por mucho que la desease, iba a llevarla a la habitación de invitados, y luego él se iría a la suya y se daría una ducha bien fría.

–Antes vas a tener que ayudarme con el vestido –le dijo Ellen–. No creo que pueda quitármelo yo sola.

Max tragó saliva e inspiró, preparándose para lo que sin duda iba a ser un calvario que pondría a prueba su capacidad de autocontrol. Asió por los hombros a Ellen para hacerla girarse, y fue un error, porque el tacto de su piel desnuda hizo que un cosquilleo eléctrico lo recorriese. Apartó las manos como si se hubiese quemado, y las bajó al cierre del vestido, que no podía ser más complicado. Mientras desabrochaba corchetes y aflojaba las cintas del corsé, intentó no pensar en lo hermosa que era la espalda que iba asomando. Ellen había agachado la cabeza, dejando al descubierto su blanca nuca, acariciada por mechones que habían escapado de su recogido. Sería tan fácil inclinarse sobre ella y rozar con sus labios esa piel delicada... Resultaba tan tentador... No, no iba a hacer nada de eso... Tragó saliva y dejó caer las manos.

–¡Listo!

Ellen se volvió, ajena al difícil ejercicio de autocontrol que estaba haciendo, sujetándose el vestido al pecho con las manos, y un suspiro de alivio escapó de sus labios.

–Gracias, este condenado corsé era un suplicio –le dijo riéndose. Y luego, con los labios entreabiertos y los ojos brillantes, alzó el rostro hacia él–. Esta ha sido la noche más maravillosa de toda mi vida –añadió suavemente.

No parecía consciente de la tentación que suponía para él verla ahí, frente a él, a medio desvestir, tan tentadora... Y ya no pudo más.

La asió por los brazos para atraerla hacia sí, y tomó sus labios, incapaz de resistir ni un segundo más.

El beso empezó siendo algo vacilante. Acarició los labios aterciopelados de Ellen con los suyos, antes de deslizar la lengua entre ellos, y saboreó su boca como quien paladea un vino afrutado, con cuerpo, delicioso. Ellen respondió con igual fruición.

Max sentía sus voluptuosos pechos apretados contra la camisa, y al notar que se le endurecían los pezones a él empezó a ponérsele tirante la entrepierna del pantalón. El deseo estaba apoderándose de él y supo que, si no le ponía freno a aquello en ese mismo instante, ya no podría pararlo.

Con un gruñido de frustración despegó sus labios de los de ella, dejó caer las manos y se apartó. Ellen se quedó mirándolo, aturdida, con las pupilas dilatadas aún por el deseo. Max sacudió la cabeza y dio otro paso atrás.

—Buenas noches —le dijo.

Su voz había sonado agitada, y se sentía ardiendo por dentro, pero tenía que reprimir el deseo que lo consumía, subyugarlo. Ella siguió mirándolo confundida un instante, pero luego, como el sol saliendo de detrás de una nube, su rostro se iluminó con una sonrisa.

—Sí, buenas noches —murmuró.

Cuando llegó a la puerta y se volvió para cerrarla, ella se quitó una mano del vestido, que estaba sujetándose, y con otra sonrisa encantadora le lanzó un beso.

—¡Gracias! —le susurró.

Y Max tuvo que apresurarse a salir y cerrar la puerta antes de que se quebrara su fuerza de voluntad, volviera dentro y la tomara de nuevo entre sus brazos.

Ellen, que estaba dormida, notó que una mano la zarandeaba suavemente por el hombro. La apartó con un movimiento y se acurrucó contra la almohada, pero la mano volvió a posarse en su hombro y a zarandearla. Oyó una voz susurrándole algo incomprensible. Sonaba a alguna lengua extranjera. ¿Griego?

¡Griego! Se incorporó como impulsada por un resorte tapándose con la sábana y miró con unos ojos como platos a Max, que estaba sentado al borde de la cama. A juzgar por su pelo húmedo y el albornoz que llevaba, y que acentuaba el bronceado de su piel, acababa de ducharse.

–¿Cómo te encuentras, no te duele la cabeza? –le preguntó en un tono entre amable y divertido.

Con sus ojos oscuros escrutándola y esa sonrisilla en los labios, Ellen no pudo sino sonrojarse, azorada, al pensar en el aspecto que debía de tener, con el cabello revuelto y la cara de acabar de despertarse.

–Eh... no, estoy bien, gracias –balbució.

Los recuerdos de la noche anterior acudieron en tropel a su mente, como una serie de instantáneas: la increíble fiesta, la agradable cena, charlando con las personas con que los habían sentado, todas las veces que había bailado con Max, el beso que le había dado Max antes de... Enrojeció como una amapola al rememorar ese recuerdo tan vívido.

Max, al verla sonrojarse, supo al instante en qué

estaba pensando. Esa noche él mismo se había visto asediado por sueños en los que no se había apartado de ella después de besarla, sino que había hecho mucho más que eso. Pero no era el momento de pensar en eso. No cuando estaba sentado en su cama con ella a solo un metro y tapada únicamente con una sábana, a juzgar por sus hombros desnudos, con el cabello desparramado sensualmente sobre ellos. Se levantó y retrocedió un par de pasos. Mejor así, bien lejos de ella.

–He pedido que nos suban un *brunch* –le dijo–. Date una ducha; te espero en el salón.

Ella asintió, y esperó a que se hubiera ido antes de levantarse.

¡Qué extraño era todo!, pensó cuando se vio desnuda en el espejo del baño: recordar las palabras de Max, cómo la había mirado la noche anterior mientras bailaban, su brazo rodeándole la cintura... Una sensación de felicidad la invadió. Independientemente de sus preocupaciones y sus penas, siempre la acompañarían esos recuerdos.

Y probablemente Max solo estuviese haciendo todo aquello para convencerla de que le vendiera Haughton, pero para ella significaba muchísimo que le hubiese devuelto la confianza en sí misma que Chloe le había arrebatado. Con una sonrisa soñadora y agradecida en los labios se recogió el pelo y se metió en la ducha. Ese *brunch* la llamaba... igual que las ganas de volver a estar con Max.

Aunque solo fuera durante lo que quedaba de mañana, pensó con un suspiro mientras abría el grifo y levantaba la cabeza hacia el chorro de agua para acabar de despertarse por completo. De pronto la idea de volver a casa no le apetecía nada por primera vez en su vida.

Max ya estaba sentado a la mesa cuando Ellen salió de su habitación. El que los dos estuvieran envueltos en un albornoz resultaba extrañamente... íntimo, como si la situación fuera distinta de la que era.

De pronto acudió a su mente el recuerdo de la noche anterior, cuando la había besado. Había estado un tanto achispada, pero no tanto como para no saber que no había soñado aquel ardiente momento.

«¡Venga ya!, ¡fue solo un beso!», se reprendió irritada. «¡No te montes una película! ¡Fue solo un beso! No significaba nada... fue solo su manera de darte las buenas noches».

Y, sin embargo, aunque estaba intentando convencerse de eso, le ardían las mejillas. Se apresuró a agachar la cabeza y sentarse con la esperanza de que Max no se diera cuenta y de que, si había advertido su azoramiento, no supiese a qué se debía.

Para él desde luego aquel beso sí que no habría significado nada. ¡Con la de mujeres que habría besado en su vida...! Lo cual no era de extrañar con lo guapo que era... Y más cuando una de esas mujeres, la última con la que había estado, era una estrella de cine. Pero para ella aquel beso había significado muchísimo. Para ella había significado la ruptura definitiva del maleficio de Chloe sobre ella.

Nada más ver el suculento *brunch* que tenía ante sí se le abrió de inmediato el apetito.

–Ummm... huevos Benedict... Me encantan –murmuró antes de servirse y empezar a comer.

–¿No tienes resaca? –le preguntó Max, sirviéndose también.

Ellen sacudió la cabeza, haciendo que su larga melena rizada se balanceara sobre sus hombros. Una sensación de satisfacción invadió a Max mientras la observaba. Esas estilistas habían hecho un trabajo de primera. Aun con la cara lavada, sin maquillaje, el cambio radical de Ellen era más que evidente. Sobre todo porque le habían depilado el entrecejo y ya no parecía que estuviese ceñuda todo el tiempo.

–No –respondió Ellen–. Supongo que ese vaso de agua fría que me hiciste beber funcionó. ¡Un buen truco!

–Ya te dije que me darías las gracias por la mañana –contestó él con una sonrisa.

Ellen dejó los cubiertos en el plato y le miró.

–Sí que te estoy agradecida –le dijo con solemnidad–. Te doy las gracias por... bueno, ¡por todo!

Max volvió a sonreír y levantó su vaso de zumo de naranja para hacer un brindis.

–Por la nueva Ellen –dijo, y tomó un trago antes de volver a poner el vaso en la mesa–. Y ahora... –añadió en un tono distinto, como si fuesen a hablar de negocios– lo que tenemos que hacer es renovar tu vestuario. Aunque estabas increíble anoche con ese vestido eduardiano, no es algo para llevar a diario –le dijo con una sonrisa–. Así que, en cuanto terminemos de desayunar, nos vamos de compras.

El rostro de Ellen se ensombreció.

–Gracias, pero... tengo que volver a casa –murmuró.

Max enarcó las cejas.

–¿Por qué? Si ya han acabado las clases...

–Ya, pero... Bueno... Tengo que irme, en serio, no puedo...

Él la interrumpió agitando la mano en el aire. ¡No iba a permitir que volviese a enclaustrarse en Haughton! Además, aunque la noche anterior había tenido que reprimir la atracción que sentía hacia ella –lo contrario habría sido una falta de caballerosidad por su parte–, durante las largas horas casi sin pegar ojo que siguieron, había llegado a la conclusión de que no tenía por qué reprimirse, de que un poco de romanticismo en su vida era justo lo que Ellen necesitaba.

Así le demostraría las cosas maravillosas que estaba perdiéndose y que podría disfrutar si se decidía a abandonar para siempre su caparazón. Quería que, ahora que había descubierto lo hermosa que era, saboreara todo lo que la vida podía ofrecerle. Ahora que sabía que la envidia que le tenía a su hermanastra no tenía razón de ser, al fin podría desembarazarse de la carga del amargo resentimiento que había acarreado todos esos años.

Y entonces ya no sentiría la necesidad de seguir boicoteando a su madrastra y a su hermanastra negándose a vender su parte de Haughton, ni de seguir castigando a Pauline por haberse casado con su padre, y a Chloe por haberse sentido inferior a ella todos esos años.

–Está decidido –le dijo–. No hay ninguna prisa por que vuelvas a casa, así que nos vamos de compras.

Ellen quería decirle que aunque no tuviese un motivo para marcharse ya, en ese momento no podía permitirse gastar dinero en ropa. Su sueldo se le iba en pagar las facturas junto con el caro estilo de vida al que estaban acostumbradas Pauline y Chloe. Y, sin embargo, nada más pensar eso sintió que algo en su interior clamaba en rebeldía. Si ellas vendían cuadros de su familia para seguir dándose los caprichos que les venían en gana, ¿no se merecía ella darse alguno también por una vez en su vida?

Aunque finalmente había accedido a ir de compras con Max, cuando entraron en la primera boutique a Ellen se le puso cara de pánico y miró de reojo a las otras clientas, que parecían clones de Chloe, todas delgadas como palillos.

De pronto la estaban asaltando las dudas. Como no había podido ir a casa a cambiarse, llevaba puesta la misma ropa del día anterior –el anticuado conjunto de falda y chaqueta que reservaba para las reuniones con los padres y las ceremonias del colegio–, y rodeada de tanta elegancia sintió que flaqueaba su frágil autoestima.

«Están todas mirándome y preguntándose qué está haciendo aquí un espantajo como yo», pensó angustiada. «Seguro que a sus ojos soy una ofensa al buen gusto y están deseando que me marche...».

La dolorosa y humillante inseguridad que tanto tiempo la había acompañado estaba apoderándose de nuevo de ella, doblegándola. Estaba a punto de sucumbir al impulso de salir corriendo de allí y volver a Haughton en busca de refugio, de la soledad, lejos de esas miradas desaprobadoras.

–Dudo que aquí vaya a encontrar nada de mi talla –le dijo nerviosa a Max.

–Tonterías –replicó él–. Esto seguro que te quedará bien –dijo con decisión, tomando una percha con un vestido corto de color caramelo–. Y esto y esto también –añadió descolgando también un vestido azul y una chaqueta entallada.

Se lo plantó todo en los brazos y empezó a mirar los pantalones para finalmente sacar unos negros y otros marrones. No contento con eso, escogió también un par de jerseys de cachemira.

Llamó a una de las dependientas que estaba cerca, y le dijo:

–Vamos a necesitar mucha más ropa para la señorita: blusas, faldas, zapatos... Y complementos.

La mujer miró a Ellen de arriba abajo, visiblemente espantada por lo que llevaba puesto.

–Ya lo creo... –murmuró para sí, y luego, con una sonrisa profesional, le respondió a Max–: Enseguida, señor.

Max condujo a Ellen a uno de los probadores y le tendió el resto de la ropa.

–Adentro –la instó, dándole un empujoncito.

No iba a dejar que las dudas y los miedos empezasen a apoderarse de ella de nuevo, se dijo, y Ellen, aunque reacia, obedeció. Una sonrisa de satisfacción se dibujó en los labios de Max, y se sentó a esperarla en un sillón mientras hojeaba una revista.

Capítulo 8

QUÉ TAL llevas lo de volar? –le preguntó Max a Ellen mientras salían de la boutique, cargados de bolsas.

Ella se quedó mirándolo sin comprender.

–¿Volar?

–Hay una propiedad en los Chilterns que quiero ir a ver y tengo un helicóptero esperándome –le explicó él–. ¿Te gustaría venir?

–¿En serio? –balbució ella–. Nunca he montado en helicóptero.

Max sonrió.

–Estupendo; una nueva experiencia para ti. Te encantará –le aseguró mientras echaba a andar hacia donde los esperaba su coche.

No iba a darle la oportunidad de objetar nada, igual que no la había dejado huir de la boutique. Cada vez que había salido del probador para pedirle opinión sobre cada modelo que se había probado, le habían entrado ganas de lanzar un puño al aire y gritar «¡sí!», porque todos le sentaban de maravilla.

De hecho, estaba fabulosa con el que llevaba puesto en ese momento: unos pantalones de color paja que parecían amoldarse a sus caderas y un jersey beige de cachemira que resaltaba la silueta de sus voluptuosos senos. Una chaqueta larga y un bolso de cuero completaban el conjunto.

Su chófer se encargó de meter las bolsas en el maletero y se subieron al coche.

Ellen se sentía como si estuviera en un sueño. Cuando en la caja la dependienta le había dicho el total del importe de su compra había contraído el rostro, espantada, pero luego había apretado los labios y le había tendido su tarjeta de crédito. Tendría que vender otro cuadro, pero, si Pauline y Chloe lo hacían, ¿por qué no habría de hacerlo ella por una vez?

Y era dinero bien gastado, se dijo. Al mirarse con cada modelo en el espejo del probador no había visto a Ellen la Eleganta, grande, torpe y mal vestida, sino a una Ellen atractiva y a la moda que se sentía capaz de salir al mundo a pisar con garbo y paso firme. Era una sensación agradable, una sensación fantástica. Un cosquilleo la recorría, como si acabase de beberse una copa de champán. Iba a disfrutar al máximo de aquel momento, ¡a disfrutarlo todo!, incluida la novedad de montar en helicóptero.

Presa de la emoción cuando el ruidoso aparato se elevó en el aire, miró hacia abajo con los ojos muy abiertos, viendo cómo Londres se iba haciendo cada vez más pequeño y se alejaban, dejándolo atrás para dirigirse a la campiña.

Cuando volaron en círculos sobre la propiedad a la que Max quería echarle un vistazo, se quedó asombrada. Era una casa de campo enorme, de estilo victoriano, mucho más grande que Haughton. Ese pensamiento hizo que su rostro se ensombreciera, porque le recordó que corría el peligro de perder su hogar. ¿Por qué, si podía comprar una casa donde quisiera, estaba empeñado en arrebatarle el lugar que tanto amaba?

Un mar de emociones encontradas se agitó dentro de ella. Max se había portado tan bien con ella que, aunque sabía por qué estaba haciéndolo, no podía dejar de sentirse agradecida por el inmenso regalo que le había hecho. «Siempre, siempre le estaré agradecida».

Y así se lo hizo saber esa noche, mientras cenaban en el restaurante del hotel.

—Lo único que he hecho –le respondió él con una sonrisa–, es hacerte ver a la Ellen que siempre había estado ahí, en tu interior, eso es todo. Siempre has sido así de hermosa, solo que no dejabas que los demás lo vieran, y ahora ya sí. Así de sencillo.

Sus ojos la recorrieron con deleite. Llevaba aquel vestido azul que había sabido nada más verlo en la tienda que le sentaría bien, el cabello recogido en un moño desenfadado y se había maquillado. Estaba preciosa.

—Bueno, y entonces... ¿vas a comprar esa propiedad que hemos ido a ver esta tarde con el helicóptero? –le preguntó Ellen.

—Puede. Tendré que ir a verla en persona, naturalmente, pero cumple varios de los requisitos que buscaba. El precio de venta es razonable, la casa es muy bonita, y está cerca de Londres.

—¡Mucho más cerca que Haughton! –se oyó exclamando ella al instante.

Max entornó los ojos.

—Ese es un asunto muy distinto –dijo–. Tengo... otros planes para Haughton.

–Si consigues hacerte con la propiedad –replicó ella, alzando desafiante la barbilla.

Y, sin embargo, nada más decir esas palabras deseó no haberlo hecho. No quería hablar de eso. Esa noche solo quería disfrutar el presente, de aquella velada con él.

Max sonrió con cautela.

–Eso es cierto –se limitó a murmurar–. ¿Te ha gustado tu primer paseo en helicóptero? –le preguntó cambiando de tema.

–¡Ha sido increíble! –exclamó ella–, una experiencia completamente nueva para mí.

Max se llevó su copa a los labios.

–Eso es precisamente lo que tienes que hacer: experimentar cosas nuevas, disfrutar de la vida... –respondió–. Dime, ¿cuándo fue la última vez que viajaste al extranjero?

Ella se quedó pensativa.

–Pues... el curso pasado, en otoño, acompañé al equipo de *lacrosse* del colegio a un partido en Holanda –recordó en voz alta–. Y el año anterior hice un viaje a Islandia con un grupo de sexto curso. Fue genial. Los paisajes son espectaculares.

A Max se le estaba ocurriendo una idea, y aunque quizá fuera demasiado pronto para expresarla, pensó que no perdía nada tanteando a Ellen.

–¿Y qué me dices del sol, la arena y el mar; las playas tropicales y todo eso? –le preguntó–. ¿O ibas a la costa de vacaciones con tus padres?

Ellen sacudió la cabeza.

–No, mi madre prefería destinos turísticos culturales. Con ellos fui a sitios como París, Florencia,... –su rostro se ensombreció–. Y la verdad es que no sé si me gustaría volver a esos lugares, porque probablemente visitarlos de nuevo me haría ponerme triste ahora que mis padres ya no están.

Él asintió. Sabía muy bien a qué se refería.

–Yo tampoco he vuelto a pisar el lugar donde me crie, salvo una vez –le dijo–. Y fue para comprar la taberna en la que mi madre trabajó como una esclava durante años. Ahora utilizo el local como un centro para preparar a jóvenes desempleados, de los cuales por desgracia hay demasiados en Grecia.

–¿Y no te gustaría volver a vivir en Grecia, establecerte allí? –le preguntó Ellen.

Él sacudió la cabeza.

–He pasado página. Corté los lazos con ese doloroso pasado y rehice mi vida –la miró a los ojos, y le dijo–: Tal vez haya llegado el momento de que tú hagas lo mismo: empieza una nueva vida; piensa en el futuro en vez de aferrarte al pasado.

Las facciones de Ellen se endurecieron. Bajó la vista y dijo con aspereza:

–No quiero hablar de eso. Y sigo sin querer vender mi parte de Haughton, así que no insistas más.

Aunque disfrutase de su compañía, no iba a olvidar ni por un segundo por qué Max estaba teniendo tantas atenciones con ella.

En ese momento llegó el camarero con el postre, y no pudo agradecer más esa interrupción.

Cuando el hombre se hubo retirado, Max se quedó mirando a Ellen un momento, lleno de frustración, pero luego inspiró y optó por dejarlo correr. Le había dicho lo que quería decirle; lo mejor sería no decir más y dejar reposar el consejo que le había dado, dejar que lo meditase.

Además, pensó mientras observaba a Ellen, que tenía la cabeza gacha, con la vista fija en el postre que se estaba tomando, la verdad era que él tampoco quería hablar del tema. Ni tampoco quería pensar en las obtusas razones por las que no quería venderle su parte de Haughton. Porque en lo único en lo que podía pensar en ese momento era en el efecto que Ellen estaba ejerciendo sobre su libido.

Sus ojos descendieron hasta sus tentadores labios, cuyo dulce sabor había probado la noche anterior antes de darle las buenas noches. Bajó la vista para no seguir atormentándose, pero entonces sus ojos se encontraron con los senos de Ellen, cuyas generosas curvas se marcaban bajo la fina tela del vestido. Y entonces recordó el momento en que, mientras la besaba, los había sentido apretados contra su pecho. Quería volver a tenerla entre sus brazos, quería...

Frenó esos pensamientos, tomó su copa y empezó a hablar otra vez para conducir a su mente de nuevo a un terreno seguro.

—Me gustaría conocer tu opinión sobre mi proyecto de un complejo turístico ecológico en el Caribe. ¿Crees que atraería a alguien a quien le gusten los deportes?

Ellen levantó la cabeza y parpadeó.

—¿Qué clase de deportes se podrán practicar? —le preguntó.

—Bueno, deportes acuáticos para empezar, por supuesto. Nada que implique vehículos a motor, claro, pero sí windsurf, vela... Y también buceo, buceo de superficie... De hecho, hay un arrecife espectacular, y voy a contratar a un biólogo marino para que me asesore sobre cuál sería la mejor manera de preservarlo. Ah, y quizá también se pueda practicar voley playa.

—Suena bien —dijo ella.

—¿Te gustaría venir conmigo a verlo antes de que lo inauguremos? Tendríamos todo el complejo para nosotros.

Ellen se quedó mirándolo anonadada.

—¿Me estás proponiendo que me vaya contigo al Caribe? —dijo, como si le hubiera propuesto un viaje a Marte.

—¿Por qué no? Estás de vacaciones, ¿no?

Ella abrió la boca para objetar algo, pero al momento volvió a cerrarla y se limitó a sacudir ligeramente la cabeza, como si fuera una locura.

Max no dijo nada más. Él ya había plantado la semilla; ahora solo le quedaba esperar a que germinase, se dijo, y se puso a contarle más acerca de sus planes para ese proyecto suyo. No iba a presionarla; estaba disfrutando de la cena, de poder pasar tiempo con ella, y estaba impaciente por lo que quería que pasase después de la cena.

Cuando se montaron en el ascensor los dos solos para volver a la suite, de repente parecía demasiado pequeño. Y, cuando empezaron a subir, Ellen sintió como si le diese un vuelco el estómago, pero no por efecto del movimiento del ascensor, sino por la proximidad de Max.

Le sonrió cuando las puertas se abrieron, y dejó que ella saliera primero. La moqueta del pasillo, que estaba completamente desierto, amortiguaba sus pasos. Un cosquilleo eléctrico recorrió el cuerpo de Ellen, igual que le había pasado durante la cena, cada vez que sus ojos se habían encontrado.

Al entrar en la suite, Max solo encendió un par de lámparas, cuya suave luz creaba una atmósfera muy íntima.

–¿Una copa? –le preguntó Max dirigiéndose al mueble bar.

Ellen sabía que debería rehusar, que debería decirle algo como «No, gracias. Ha sido un día muy largo y me voy a dormir ya», pero en vez de eso se encontró asintiendo con la cabeza.

Fue hacia el sofá con el corazón palpitándole con fuerza y sintiendo de nuevo ese cosquilleo eléctrico en las venas. Se quitó los zapatos, se sentó con las piernas dobladas bajo el cuerpo y apoyó el codo en el brazo del sofá. Max se acercó con una copa de coñac en la mano derecha y un vasito de licor en la izquierda que le tendió antes de sentarse en el otro extremo del sofá. Era un sofá grande, pero de pronto a Ellen le parecía como si hubiese encogido.

Tomó un sorbito del licor. No quería beber mucho porque parecía fuerte, y ya había bebido vino en la cena. Estaba nerviosa, pero no sentía esa inseguridad que la había asaltado otras veces. La noche anterior Max le había dicho que era una «leona», y era así como se sentía en ese momento: tenía un cuerpo trabajado y torneado, sin un centímetro de grasa, pero curvilíneo y femenino. De pronto era extremadamente consciente de cómo marcaba su cadera el cojín del sofá y de cómo sus senos estiraban la fina tela de su vestido, que por alguna razón se notaba de repente... como más pesados.

El sorbo de licor hizo que una oleada de calor se extendiera por todo su cuerpo. Se sentía distinta... tan distinta... Se sentía libre... atrevida...

Max estaba mirándola de un modo turbador, y una sonrisa sensual curvaba sus labios. Ella ya no era la persona que había sido hasta entonces; ahora era distinta, una mujer nueva. ¿Una mujer a la que un hombre como Max podría desear?, se preguntó.

Acudió a su mente un recuerdo de sus años de universidad, cuando todos sus compañeros andaban ligando, pasándolo bien... Ella se había pasado todos esos años yendo con la cabeza gacha y nunca se había atrevido a nada. Pero eso se había acabado.

Se recostó en el asiento y se concentró en esa corriente eléctrica que parecía zumbar dentro de ella, *in crescendo*, apoderándose de todo su ser. El deseo se disparó por sus venas. Le pesaban los párpados, su aliento se había tornado entrecortado...

Fue Max quien dio el primer paso. Sin decir nada, dejó su copa en la mesa y le quitó de la mano el vaso de licor para hacer otro tanto. Le pasó la mano por la nuca para atraerla hacia sí, y cuando sus cálidos labios se cerraron sobre los de ella todo pensamiento racional se desvaneció.

Se había abandonado a las sensaciones que se estaban despertando en ella, unas sensaciones tan intensas, tan arrebatadoras, tan excitantes, tan maravillosas, tan placenteras, que no dejaban espacio para nada más.

Max besaba con maestría, sin prisas, avivando el fuego en su interior, mientras con los dedos dibujaba arabescos en su nuca. Separó sus labios de los de ella y le mordisqueó el lóbulo de la oreja suavemente, con dulzura.

Ellen se notaba los pechos tirantes, pesados, y al cerrarse la mano de Max sobre uno de ellos se produjo dentro de ella un estallido de placer. Un gemido ahogado escapó de su garganta cuando le frotó el pezón con el pulgar a través del vestido, haciendo que se endureciera.

Ellen le plantó ambas manos en el pecho y, como por instinto, sus dedos encontraron y fueron desabrochando uno por uno los botones. Cuando deslizó las palmas por su torso desnudo y dejó que descendieran hasta la cinturilla del pantalón, Max gimió y cerró la mano sobre su seno al tiempo que devoraba sus labios de nuevo.

Ellen despegó su boca de la de él, y enredó los dedos en los mechones de su nuca, peinándolos distraídamente mientras lo miraba con los ojos encendidos de deseo y los labios entreabiertos. Un sentimiento de impaciencia la consumía; era como si la adrenalina se hubiese disparado por sus venas. Sabía lo que quería, lo que necesitaba, igual que una leona en celo...

Los labios de Max se curvaron en una sonrisa. Era una sonrisa de triunfo, y ella lo sabía, pero eso no hizo sino excitarla aún más. De pronto el sofá en el que estaban tumbados parecía demasiado pequeño y Max, que parecía estar pensando lo mismo, se levantó y la alzó en volandas como si fuera una pluma.

Max la llevó a su dormitorio y la depositó en la cama, pero no se tumbó a su lado, sino que permaneció allí de pie. Se desprendió de la camisa, que arrojó a un lado, y una prenda tras otra se quitó toda la ropa. Ellen, que se había quedado mirándolo embelesada, iba a despojarse de su vestido cuando él la detuvo.

–Ah, no –protestó Max–. De eso me ocupo yo.

La levantó, sin el menor pudor por su desnudez ni por su incipiente erección. Y tal vez por eso ella perdió la vergüenza también y se quitó el pasador que le sujetaba el cabello y sacudió la cabeza para liberar su rizada melena.

Como no habían encendido la luz la habitación estaba en penumbra, pero tampoco necesitaban más luz que la de la lámpara del salón de la suite, que no se habían molestado en apagar. Max asió con ambas manos el dobladillo del vestido de Ellen y se lo fue levantando poco a poco para finalmente sacárselo por la cabeza y arrojarlo a un lado.

Ellen se llevó las manos a la espalda para desabrocharse el sujetador. Lo hizo sin apartar sus ojos de los de Max, con la barbilla levantada y los labios entreabiertos. Cuando sus pechos quedaron libres y hubo dejado caer al suelo el sujetador, Max, que estaba devorándola con la mirada, se humedeció los labios.

–Mi hermosa leona... –dijo con voz ronca.

Alargó ambas manos y rozó con las yemas de los dedos los pezones de Ellen, que se endurecieron aún más. El estremecimiento de placer que sintió la hizo gemir y echar la cabeza hacia atrás.

Max masajeó con las manos sus voluptuosos senos y tomó sus labios con un beso lento, sensual. Ellen dejó que la empujara hacia la cama, que se colocara encima de ella y se regocijó al sentir el excitante peso de su cuerpo sobre sí. Max seguía besándola y mientras que una de sus manos continuaba masajeándole el pecho, la otra se ocupó de deshacerse del último obstáculo que lo impedía hacerla suya. Ellen levantó las caderas para que pudiera quitarle las braguitas, y cuando lo hubo logrado abrió las piernas y dejó que deslizara la mano entre sus muslos.

Los dedos de Max obraron magia explorando la parte más íntima de su cuerpo, haciéndola gemir y suspirar, y, cuando al cabo de un rato se apartaron y sintió su miembro erecto contra los pliegues húmedos de su sexo, experimentó una mezcla de sorpresa y deleite al comprobar que estaba tan excitado como ella.

Max tomó sus manos y se las levantó por encima de la cabeza, haciendo que se levantaran también sus pechos. Ellen alzó la vista hacia él y Max le sonrió de un modo muy íntimo y posesivo.

Dejándose llevar por un instinto ancestral, se encontró arqueando las caderas hacia él, ansiando que la poseyera. Susurraba su nombre en una abierta invitación, suplicándole que la hiciera suya. Max volvió a sonreír y de pronto, sin previo aviso, se apartó de ella. Ellen parpadeó, aturdida, pensando que había cambiado de opinión, hasta que vio que alargaba el brazo hacia el cajón de la mesilla para sacar un preservativo.

Se lo puso y volvió a colocarse entre sus muslos. Ellen arqueó las caderas de nuevo, ofreciéndose a él, y Max la penetró despacio. Ella contrajo el rostro, pero el dolor pasó pronto, y se deleitó en la sensación de su miembro deslizándose dentro y fuera de ella, desencadenando el estallido de sus terminaciones nerviosas y oleadas sucesivas de placer.

¿Cómo podía ser algo tan maravilloso... tan increíble? El tenerlo dentro de ella, ese fundirse en uno con él... De pronto se dio cuenta de que Max se movía más despacio, de que estaba haciendo un tremendo ejercicio de autocontrol para esperarla, para que ambos llegasen juntos al orgasmo.

Mientras que Ellen se aferraba a sus hombros, él se apoyaba en las manos para no aplastarla con su peso mientras continuaba sacudiendo suavemente las caderas. Pronto ella sintió que estaba llegando al límite, y alzó el rostro hacia él para mirarlo a los ojos. Max dejó de controlarse, empezó a moverse más deprisa.

Ellen profirió un intenso gemido de placer y se arqueó hacia él, rodeándole las caderas con las piernas y clavándole las uñas en los hombros y echó la cabeza hacia atrás. Sin dejar de moverse, Max admiró la belleza de su rostro, transfigurado por el orgasmo, antes de hundirse una última vez en ella, gritando su nombre.

La atrajo hacia sí, acurrucándola contra su cuerpo mientras aún duraban los coletazos del clímax, y poco a poco notó cómo se relajaban sus muslos y se desmadejaba en sus brazos, con el aliento entrecortado y la piel perlada de sudor. Se quitó de encima de ella y se tumbó a su lado. Le acarició el cabello y le susurró tiernas palabras en su idioma.

La besó en la frente, con las pocas energías que le quedaban, y sintió que un sopor delicioso se apoderaba de él. Era el cansancio que sobrevenía a la pasión. Plantó otro beso en su hombro y se acurrucó contra ella.

–Duerme –le susurró al oído–. Descansa...

Una leve sonrisa se dibujó en los labios de Ellen, a

quien también parecían pesarle los párpados. Se habían entregado el uno al otro por completo, sin reservas, y pronto el sueño los arrastró así, el uno en brazos del otro.

Capítulo 9

CUANDO Ellen se despertó, estaba acurrucada de espaldas al cálido cuerpo de Max, cuyo brazo descansaba pesadamente en torno a ella. Podía sentir su respiración contra la espalda, y su aliento en la nuca. Notaba sus miembros pesados, cansados, pero era un cansancio delicioso.

Sabía por qué Max le había hecho el amor, que solo había sido otro intento de despegarla del hogar al que se aferraba y en el que él pensaba que se aislaba del mundo, pero no le importaba. No podía sino sentir una gratitud renovada por ese segundo regalo maravilloso que le había hecho, el hacerla sentirse deseada, y fue gratitud lo que le demostró cuando Max se despertó también y volvieron a hacer el amor.

Una hora después los dos estaban desayunando juntos en albornoz en el salón de la suite. Mientras tomaba un sorbo de zumo de naranja, Max se recreó mirando a Ellen: el cabello alborotado, la abertura del albornoz que dejaba entrever sus senos, y ese brillo que parecía desprender tras la noche de pasión que habían compartido.

Ellen, que estaba tomándose su café a sorbitos, le lanzaba miradas furtivas por encima de la taza, como si ella también quisiera devorarlo con los ojos, pero se sintiera demasiado tímida para hacerlo abiertamente. Max dejó su vaso en la mesa, tomó un cruasán y cortó un trozo con los dedos.

–Tenemos que ir a por tu pasaporte –le dijo.

Ellen, que estaba absorta pensando en que le recordaba a un pirata así, sin afeitar, y en el poder de ese brillo de sus ojos, que la hacía derretirse por dentro, dio un respingo al oírle decir eso.

–¿Cómo? –inquirió confundida, parpadeando.

–Tu pasaporte –repitió Max. Esbozó una sonrisa, como divertido–. Para poder ir a visitar mi complejo turístico en el Caribe. Lo hablamos anoche en la cena, ¿te acuerdas? Además, no habrás pensado que con una sola noche contigo me bastaría, ¿verdad?

Observó a Ellen mientras asimilaba sus palabras, unas palabras que ya se habían formado en su mente nada más despertarse. ¿Una sola noche con ella? ¡Ni hablar! No era suficiente; ni mucho menos.

Ellen vaciló un instante. ¿Sería una locura que fuese con él a ese viaje?, ¿no estaba retrasando lo inevitable? «¡Ve con él!», la apremió su vocecita interior. «La fiesta de anoche, hacer el amor con Max... Ha sido como un sueño. ¿Cuándo volverás a vivir algo tan maravilloso? ¡Aprovecha el momento, ve con él!». Y Max la deseaba; Max quería que fuese con él... Sus dudas se disiparon, su rostro se iluminó, y cuando él le preguntó: «¿Vendrás conmigo?», se dibujó una sonrisa radiante en sus labios y asintió.

–¡No hay paredes! –exclamó Ellen sorprendida.

Acababan de entrar en el bungaló en el que iban a

alojarse, que se alzaba sobre un risco poco elevado en la bahía del islote en el que estaban.

—No, solo mosquiteras —asintió Max.

La condujo hasta la puerta situada en el extremo opuesto, que también estaba formada solo por el marco y una tela mosquitera, y salieron a una amplia terraza.

—¿Te gusta? —le preguntó a Ellen, apoyando las manos en la barandilla de madera.

A la izquierda había una escalera que bajaba hasta la playa de blanca arena, y Ellen sintió como si el tranquilo mar, de un azul celeste, estuviera llamándola. Giró la cabeza hacia Max y con una mueca de fingido desagrado lo picó diciendo:

—¡Esto es horrible! ¿Cómo has podido traerme a un sitio así? Es que, ¡por favor, si no hay un solo club nocturno, ni un solo restaurante de alta cocina! ¡Por no haber no hay ni paredes!

Ya no se sentía tímida ni insegura a su lado; de hecho, ahora se sentía muy cómoda con él, y había descubierto que le encantaba hacerlo reír y bromear con él como estaba haciendo en ese momento.

Max se rio y le dio un largo beso.

—Es verdad. Pero lo que sí hay —le dijo— es una cama, una cama enorme y el colchón es muy, muy cómodo... Te lo aseguro.

Y vaya si lo era, porque a pesar del *jet lag*, cuando Max la llevó dentro de nuevo, entre besos ardientes y caricias, el fuego de la pasión se apoderó de ellos, desterrando cualquier pensamiento de su mente.

—Yo quería bajar a la playa a nadar... —fue lo último que pudo murmurar Ellen, a modo de desganada protesta, mientras él la llevaba en volandas a la cama.

–Luego –la cortó Max, silenciándola con un beso.

Y más tarde, cuando yacían exhaustos pero saciados el uno en brazos del otro, Max pensó que, para ser alguien que hasta hacía solo unos días había estado convencida de que resultaba repelente al conjunto del sexo masculino, poco a poco estaba demostrando más seguridad en sí misma y se estaba mostrando maravillosamente desinhibida. Era como si lo que estaba pasando entre los dos hubiese estado predestinado...

Cuando Ellen salió del agua, con las gafas de buceo y el tubo de *snorkel* colgando de la mano, sintió de inmediato el calor del sol en su cuerpo.

Max, que había emergido antes que ella, se recreó en cómo la tela mojada de su camiseta se pegaba a sus voluptuosos pechos.

–¿Almorzamos? –le preguntó.

–Sí, me muero de hambre –asintió ella, mirándolo con cariño.

Los días habían pasado volando. Habían nadado y hecho *snorkel*, y también habían hecho vela y piragüismo. También había acompañado a Max mientras inspeccionaba el complejo turístico y hablaba con el gestor del proyecto, el arquitecto y el equipo de trabajo, que eran de la isla principal del archipiélago, donde vivían. Había sido muy revelador para ella ver a Max tratando con esas personas que trabajaban para él, porque hasta tuvo palabras amables para el miembro más joven del equipo de trabajo, y todos parecían respetarlo. Eso decía mucho en su favor.

Después de un almuerzo delicioso de pescado y marisco que cocinaron en una fogata en la playa, se sentaron cerca de la orilla, a la sombra de una palmera, a relajarse y hacer la digestión.

–Creo que hay lugares en el mundo donde está bien hacer nuevas edificaciones, y lugares en los que no –comentó Max–. Lugares donde se puede edificar si se hace de un modo respetuoso con el medio ambiente, como estoy tratando de hacer yo aquí, y lugares que no deberían tocarse, lugares en los que solo se debería conservar y restaurar lo que ya hay, lo que las generaciones anteriores levantaron.

Ellen alzó la vista hacia él.

–Estoy de acuerdo. A lo mejor el ser griego ha influido en que pienses así, habiendo crecido entre tantos vestigios de la Antigüedad...

Max le lanzó una mirada de reproche que no se esperaba.

–No se puede vivir en el pasado; es insano –le dijo–. A veces hay que soltar lastre, dejar atrás el pasado y mirar hacia delante, empezar una nueva vida.

Ellen apartó la vista, deseando que Max no hubiera dicho eso. Era la primera vez desde su llegada al Caribe en que se había referido al motivo por el cual en ese momento estaban juntos, y no quería pensar en eso.

–Yo rehice mi vida –continuó Max, mirando el mar–. La muerte de mi madre me obligó a hacerlo. No sabes cuánto me gustaría que aún viviera para que viera todo lo que he conseguido, pero no puede ser –se volvió hacia Ellen–. ¿No crees que la muerte de tu padre también debería haber sido un punto de inflexión en tu vida, que deberías permitirte ser libre para poder hacer al fin lo que quieras? Deberías permitirte pasar página

–le recalcó–, vivir tu vida –con un ademán, señaló en derredor–. ¿No ves lo estupenda que puede ser la vida, aquí y en cualquier parte? Tienes el mundo entero ante ti y ahora que sabes lo hermosa que eres... ¿qué es lo que te impide salir de tu caparazón y vivir, vivir sin resentimientos, atrapada en un pasado infeliz?

Ellen lo dejó hablar. Sabía que estaba diciéndole aquellas cosas porque quería que dejara de enfrentarse a él, de aferrarse a Haughton. Y sabía que creía que era por su bien, pero no podía responder. Su corazón, como una herida infectada, supuraba rencor por lo que Pauline le había hecho a su padre, y no era una herida que se pudiese curar con facilidad.

No quería pensar en su madrastra ni en su hermanastra, ni en el sufrimiento que les habían causado a su padre y a ella. No cuando estaba disfrutando de unos días mágicos con él que pronto acabarían. No quería hablarle de cómo eran en realidad, de su maldad y su crueldad, de su avaricia. Sacudió la cabeza y cerró los ojos, tratando de no escuchar lo que le estaba diciendo.

Max se calló. Su instinto le decía que era mejor no decir nada más, que debía dejar que Ellen reflexionase sobre lo que le había dicho, que entrara en razón.

–Piensa en ello –le dijo con suavidad–. Es lo único que te pido –se giró hacia ella, y en un tono menos serio le preguntó–: Oye, ¿qué te apetece que hagamos mañana? Podríamos salir a navegar con el catamarán.

Agradecida por el cambio de tema, Ellen volvió la cabeza hacia él y asintió con una sonrisa. Ese era el Max con el que quería estar: el Max alegre y relajado.

Quería que disfrutaran juntos de los días y las noches que les quedaban por pasar allí.

A Ellen, que nunca había montado en un catamarán de vela ligera, le encantó la emoción de deslizarse a toda velocidad sobre las azules aguas mientras Max lo dirigía.

–¿Te gusta? –le gritó él por encima del ruido del viento.

–¡Es alucinante!

Max tiró de la palanca que funcionaba como timón, haciendo que el catamarán virara bruscamente en la dirección del viento, y Ellen se agarró con fuerza a la lona y del sobresalto se le escapó un gritito que lo hizo reír.

Ella se echó a reír también, y una sensación de euforia la invadió cuando, impulsados por el viento, se deslizaron aún más deprisa sobre el agua.

Minutos después estaban de vuelta en la orilla. Ayudó a Max a arrastrar la embarcación hasta la playa, y se dejó caer en la arena.

Max se tumbó a su lado y la miró encandilado. Los ojos de Ellen resplandecían, igual que su rostro, y tenía arena en el pelo, mojado y revuelto por el viento. De pronto se acordó de lo mucho que Tyla detestaba que se le estropeara el peinado, y de cómo estaba siempre preocupada por su aspecto.

En Ellen, en cambio, no había nada de ese egocentrismo, y precisamente eso era lo que hacía que se sintiese tan a gusto con ella. Adoraba el entusiasmo que mostraba por todo y cómo disfrutaba con todo, ya fuera la comida, tomar el sol, nadar o contemplar las estrellas.

Le gustaba estar con ella, su compañía, su modo de pensar, y le gustaban sus opiniones. Le gustaba que se sintiera cómoda en un lugar sin lujos como aquel, y que no echara en falta las comodidades y los aparatos electrónicos. Le gustaban su risa y sus sonrisas.

Y en ese momento estaba sonriendo, sonriéndole.

–¿Te has divertido? –le preguntó, girándose hacia ella.

–Muchísimo –respondió ella con una sonrisa radiante.

–Pues, si quieres, mañana te dejaré llevar el timón –le prometió Max, antes de besarla.

Una cosa llevó a la otra, y pronto abandonaron la playa y volvieron al bungaló, donde hicieron de nuevo buen uso de la enorme cama. Y lo último que pensó Max antes de abandonarse a la pasión, fue cuánto le gustaba también hacer el amor con Ellen.

Max y Ellen estaban tumbados en la arena de su pequeña playa privada, tomando el sol mientras esperaban a que se levantara el viento suficiente para salir con el catamarán. Se habían levantado temprano, habían estado haciendo ejercicio en el gimnasio al aire libre del complejo, en la isla principal, y luego habían vuelto a su islote y habían desayunado en la terraza del bungaló.

Era su penúltimo día allí, y Ellen empezaba a sentirse triste ante la idea de que aquellos maravillosos días juntos fueran a terminar. Se incorporó, apoyándose en los codos, y miró las aguas relucientes de la pequeña bahía bordeada por una vegetación exuberante.

Exhaló un suspiro melancólico. Los días habían pasado tan deprisa, y había sido todo tan idílico, solos en aquella frondosa isla tropical, disfrutando de la naturaleza, lejos del mundo y de sus problemas...

Era como un pequeño Edén en el que estaban solo ellos dos. Y ella era como Eva, descubriendo su feminidad. E, igual que según la Biblia Dios había hecho a Eva a partir de una costilla de Adán, Max había hecho de ella una mujer, sensual y apasionada.

–¿Y ese suspiro? –le preguntó él, incorporándose también y girando la cabeza hacia ella.

Como tenía puestas las gafas de sol, Ellen no podía verle los ojos.

–No sé, supongo que... bueno, mañana a estas horas estaremos de vuelta, camino de Londres.

–¿Lo has pasado bien estos días?

–¡Por supuesto! Ha sido... idílico –fue lo único que acertó a decir ella, que se notaba un nudo en la garganta.

–Para mí también –dijo él, poniéndole una mano en el muslo y acariciándola con suavidad. Alzó la vista hacia el cielo–. Dime una cosa: ¿te atrae Utah?

Ellen frunció el ceño, confundida.

–¿Utah?

Max se subió las gafas a la cabeza.

–¿Has oído hablar del Parque Nacional de Roarke?

Ella negó con la cabeza.

–No es tan conocido como el de Zion o el del Cañón de Bryce –le explicó Max–, pero es espectacular, y en el centro de visitantes se celebra un seminario de turismo sostenible al que quiero asistir. ¿Te gustaría venir conmigo? Podemos tomar un vuelo desde Miami, y cuando termine el seminario podríamos pasar unos días haciendo senderismo por el parque.

Ellen se quedó callada un instante, aturdida, sin poderse creer que aquello estuviese ocurriendo. Max le estaba ofreciendo la posibilidad de pasar más tiempo con él.

–¿En serio? –exclamó–. ¡Sí, claro que sí!, ¡me encantaría!

Una amplia sonrisa se dibujó en el rostro de Max.

–Estupendo –dijo, y se inclinó para besarla en los labios.

Una sensación de satisfacción y triunfo lo invadió. Era una nueva oportunidad para intentar que Ellen se diese cuenta de todo el mundo de experiencias que la aguardaba si se decidía a dejar atrás el pasado. Y, sobre todo, serían unos días más para poder disfrutar juntos, se dijo besándola de nuevo, y pronto se olvidaron los dos de sus planes de salir con el catamarán.

Capítulo 10

IR AL PARQUE Nacional de Roarke resultó ser una experiencia a la medida de Ellen. Le encantó la belleza salvaje del Oeste Americano, y le gustó aún más poder disfrutar de ella junto a Max.

Tomaron un vuelo a Salt Lake City, y con un todoterreno llegaron al parque con su impresionante paisaje de escarpadas moles de piedra. El parque estaba relativamente tranquilo en esa época del año, con algunas zonas cerradas aún por la nieve, pero en el cañón la temperatura era más cálida y la piedra rojiza erosionada por el viento formaba un vivo contraste con el intenso azul del cielo y el verde de los pinos.

La cabaña de madera donde se alojaron no podía ser más hogareña y a Ellen el seminario, con el que aprendió muchísimo acerca de la geografía y geología del parque, le pareció fascinante. De hecho, ya estaba pensando en organizar una excursión allí con sus alumnos.

Y, por si fuera poco, después de que se hubieran pertrechado debidamente, Max la llevó a hacer senderismo por una de las rutas más bonitas del parque.

–Madre mía... esto es hacer ejercicio y lo demás es cuento –murmuró cuando alcanzaron, jadeantes, la cima del sendero. Este ascendía por el desfiladero del cañón y terminaba en una meseta rocosa, donde soplaba un viento frío que con el calor de la caminata solo parecía una brisa fresca.

Max se rio y apoyó la espalda en una roca para tomar un buen trago de agua de su cantimplora.

–Desde luego –asintió–. Mañana tendremos unas agujetas de campeonato, pero ha merecido la pena, ¿no?

–Por supuesto –respondió Ellen, admirando el increíble paisaje hasta donde alcanzaba la vista. Se giró hacia Max y le dijo–: Gracias.

Él le dirigió una sonrisa cálida y afectuosa.

–Sabía que te gustaría –dijo. Se quitó la mochila y la puso en el suelo–. Con tanto caminar me muero de hambre; vamos a comer algo.

Se sentaron junto a la pared de roca, a resguardo del viento, y sacaron de sus mochilas las provisiones que habían comprado antes de salir. Mientras masticaba un trozo de sándwich, Ellen alzó el rostro hacia el sol, pletórica de felicidad.

Luego miró a Max. Era él quien la hacía feliz. Estar con él la hacía feliz. Ya estuvieran haciendo el amor o simplemente sentados el uno al lado del otro, como en ese momento, en medio del silencio y la grandiosidad de la naturaleza.

Sin embargo, esos pensamientos derivaron en otros que los tiñeron de tristeza: si estar con Max la hacía feliz, ¿qué pasaría cuando ya no estuviesen juntos? Porque eso era lo que iba a pasar, dentro de unos días, cuando regresaran a Inglaterra.

Esas sombras nublaron su mente. Y cuanto más

tiempo pasara con él, se dijo, más duro le resultaría después estar sin él. «¡Olvídate de eso y disfruta de este momento!», se increpó. «Disfruta del presente sin esperar nada más». Pero, por más que se repitiera eso y se dijera que no podía dejarse llevar por las emociones, tenía la sensación de que ya era demasiado tarde. ¿Estaba enamorándose de él?

Apartó esos pensamientos de su mente, en un intento por silenciarlos, un intento desesperado por negarlos. No... no... no estaba enamorándose de Max. ¡Solo creía que estaba enamorándose de él!

Además, era evidente por qué se sentía así. Max era el primer hombre que la había besado, abrazado, el primer hombre con el que había hecho el amor... Era normal que su falta de experiencia la hiciese creer que el que la hiciera sentirse especial era lo mismo que enamorarse de él. ¿Y qué mujer no se encapricharía de un hombre tan increíblemente atractivo como Max, con esos profundos ojos oscuros, esa sonrisa seductora y ese cuerpo atlético y musculoso?

Max, que se había acabado su sándwich, sacó su móvil.

–Hagámonos un selfie –le propuso rodeándola con el brazo mientras sujetaba el teléfono frente a ellos–. ¡A ver esa sonrisa! –le dijo, y sacó una foto que le mostró a continuación–. ¡Mira qué bien hemos salido!

Ellen sonrió, pero el dolor que sentía ante la inminente separación no se disipó. Eso era lo único que le quedaría de su tiempo juntos, fotos y recuerdos. Pero el momento de la separación aún no había llegado, se recordó mientras Max volvía a guardarse el teléfono, se levantaba y se colgaba la mochila. Disfrutaría al máximo

de esos momentos juntos, se propuso de nuevo, firme-
mente, y se levantó ella también.

En los días que siguieron hicieron más senderismo,
hicieron recorridos en bicicleta y hasta montaron a caballo. Por la noche cenaban en la cabaña y pasaban la
velada charlando frente a la chimenea, sin televisión ni
ninguna otra distracción electrónica que estropeara el
cálido y tranquilo ambiente rústico que se respiraba.

Pero los días iban pasando, inexorables, uno tras
otro, y cada día estaba más próximo su regreso al Reino
Unido. Y el ánimo de Ellen, cuando llegó el último día
y se subieron al todoterreno para ir a Salt Lake City,
donde tomarían el vuelo de vuelta, se fue tornando más
sombrío a cada kilómetro que avanzaban.

No podía soportar la idea de separarse del hombre
que la había transformado por completo. Pero era inevitable; pronto se separarían. Su alma gritaba de impo-
tencia en silencio, pero su vocecita interior le recordó
cruel que había estado advertida desde el principio de
que aquello pasaría. «Sabías perfectamente dónde te
metías. Sabías por qué Max estaba haciendo todo esto;
conocías sus razones... No te lamentes ahora».

Giró la cabeza hacia la ventanilla y cerró los ojos
con fuerza. Habría más hombres en su vida, se dijo,
pero su corazón se negaba a atender a razones, y su
alma clamaba angustiada. ¿Cómo podría desear a ningún otro hombre después de Max? ¿Qué otro hombre
podría comparársele? Era imposible.

La recorrió un escalofrío, como si hubiese invocado
a los fantasmas de un futuro que aún no se había produ-

cido pero que iba camino de convertirse en realidad: un futuro sin Max, un futuro completamente vacío.

No, no debía pensar así, se increpó abriendo los ojos. Un futuro sin Max no tenía por qué ser un futuro vacío. Tenía su trabajo, que le encantaba, y tenía un hogar por el que luchar, un hogar que mantener a salvo de quienes querían arrebatárselo, incluido Max.

Su rostro se ensombreció. Allí, a miles de kilómetros, al otro lado del Atlántico, casi había olvidado que era él quien quería echarla de su casa, y hasta creía que lo hacía por su propio bien, pero esa amarga realidad era algo que no debía olvidar. Una verdad que se cernía sobre ella con rápidas alas, y que a cada hora que pasaba estaba más próxima.

El ánimo de Ellen continuó decayendo durante el vuelo de regreso al Reino Unido, y solo había conseguido dormirse a ratos. Cuando llegaron al aeropuerto de Heathrow, en Londres, a primeras horas de la mañana, no podía estar más alicaída. Era el fin de esos días felices con Max, y ahora tendría que retomar la batalla por su hogar.

Tras el calor tropical del Caribe y el aire limpio y fresco del Oeste Americano, el clima lluvioso de la primavera en el Reino Unido no resultaba muy acogedor. Con el chófer de Max al volante, atravesaban las calles de Londres a la hora punta, y ella iba mirando por la ventanilla, taciturna y grogui por el largo vuelo.

Max había notado lo apagada que estaba, pero pensó que era mejor darle un poco de espacio y, aunque los pensamientos bullían en su mente, se ocupó en ponerse al día con los e-mails en su BlackBerry.

Cuando llegaron a su hotel y se bajaron del coche, se estremeció.

–¡Menudo frío! –exclamó, y al entrar en el vestíbulo del hotel, añadió–: ¡Menos mal que nuestro próximo destino es el Golfo Pérsico!

Como iba mirando hacia el frente mientras se dirigían al ascensor, no vio el respingo que dio Ellen al oír sus palabras, y ella, aturdida, tampoco dijo nada.

Ya en la suite llamó al servicio de habitaciones para pedir que les subieran un buen desayuno, y cuando Ellen, que había entrado al baño, salió al salón se encontró con que ya estaba la comida en la mesa.

Max la llamó para que fuera a sentarse con él y Ellen, después de ocupar su asiento, lo miró vacilante y comenzó a decirle:

–Max, sobre eso que has dicho antes de ir al Golfo...

–Ah, sí –la interrumpió él alegremente, mientras se untaba mantequilla en una tostada–, acabo de recibir por e-mail la confirmación de una reunión pasado mañana con el asesor empresarial del jeque. Sé que es algo precipitado, pero podemos tomar un vuelo mañana. ¿Qué te parece? –le preguntó con una sonrisa–. Acamparemos en el desierto, veremos las estrellas juntos por la noche, montaremos en camello... te encantará –se quedó callado al ver la expresión sombría de Ellen–. ¿Qué pasa? –inquirió preocupado.

–Max, no.... No puedo.

Él frunció el ceño.

–Pero si aún falta bastante para el comienzo del curso –apuntó.

Ellen sacudió la cabeza.

–No es eso.

–Entonces, ¿qué problema hay? –quiso saber él, sin poder evitar un matiz de impaciencia en su voz.

No sabía muy bien por qué, pero le dolía que Ellen estuviese negándose a acompañarlo. ¿Por qué no quería ir con él? No lo entendía, porque él desde luego quería que lo acompañase. No se sentía preparado para separarse de ella; aún no.

Sin embargo, Ellen volvió a sacudir la cabeza. De repente había algo distinto en su mirada, algo que le recordó a esa Ellen resentida y obstinada con que se había encontrado la primera vez que había visitado Haughton. Era como si hubiese vuelto a encerrarse en sí misma, a cerrarse al mundo, y estuviera dejándolo fuera a él también.

Seguro que eran solo los efectos del *jet lag*, se dijo, intentando encontrar una explicación racional a su reacción. Pero en el fondo sabía que no se debía solo a la falta de sueño y el cansancio. Tomó su mano y se la apretó suavemente.

–Vamos, Ellen, estamos tan bien juntos... ¿por qué no aprovechar y seguir disfrutando juntos hasta que se acaben tus vacaciones? ¡Vente conmigo al Golfo! Quiero enseñarte tanto del mundo como pueda; quiero...

Pero ella tiró de su mano para que la soltara y dio un paso atrás con el rostro contraído. Un torbellino de emociones encontradas se revolvía en su interior. Aunque una parte de ella le decía «¡Ve con él, aprovecha estos últimos días con él!», sabía que no debería hacerlo.

Era mejor poner ya el punto final. Porque cuanto más tiempo pasara con él, más duro sería para ella cuando aquello hubiese terminado, y más riesgo corría de acabar enamorándose de él. ¡No podía, no podía enamorarse de él!

Intentó encontrar la manera de decírselo.

–Max, jamás podré agradecerte lo bastante lo que has hecho por mí, ¡jamás! –le dijo con la voz entrecortada por la emoción contenida–. Me has hecho un regalo tan grande y... todos estos días contigo han sido como... como un sueño. Siempre te estaré agradecida y...

–¡Yo no quiero que me des las gracias! –la cortó él–. Lo que quiero es que te vengas conmigo, que aprovechemos estos días que podemos pasar juntos antes de que empiecen otra vez las clases y tengas que volver al trabajo. Vamos, no creo que sea mucho pedir, ¿no?

Su tono era persuasivo, pero también impaciente. ¿Es que Ellen ya no quería estar con él? De nuevo volvió a sentir una punzada y lo invadió una honda frustración.

–Max, no es eso... –comenzó Ellen de nuevo–. Es que...

Había levantado ambas manos, como pidiéndole que no se acercase, como si de verdad quisiera alejarlo de ella.

–Es que si acepto solo estaré posponiendo el momento en que tenga que volver a mi realidad. Creo que es mejor despedirnos ahora, en vez de esperar unos días más. Sería prolongar lo inevitable cuando al final tendré que afrontar la misma situación. Tengo que volver a Haughton, y no porque falte poco para volver a incorporarme al trabajo, sino porque es donde quiero estar mientras...

Se le quebró la voz y no pudo continuar. En su mente oía el eco desesperado de las palabras que no había podido pronunciar: «mientras continúe siendo mi hogar». Era demasiado doloroso pensarlo siquiera, y habría sido aún más doloroso decírselo al hombre que pretendía arrebatarle su hogar, la única felicidad que le quedaba.

¿La única? ¿Y la felicidad que había sentido junto a Max?, se preguntó. Pero de inmediato su mente apartó ese pensamiento. Aunque hubiera sido feliz esos días con Max, aquello no era más que algo pasajero, con fecha de caducidad. Para él solo era una... una novedad. Y fuera cual fuera el motivo por el que se sentía atraído por ella, tenía que ser realista y aceptar que para Max no era más que alguien con quien pasar un buen rato, en la cama y fuera de ella. Sacudió la cabeza y, mirándolo angustiada, le reiteró:

–Quiero irme a casa, Max. Eso es lo que quiero –dijo levantándose de su asiento.

Max no quería oír esas palabras, no quería que le dijera que no quería estar con él, que lo que quería era volver al lugar del que estaba intentando liberarla. Una tremenda frustración borboteaba dentro de él. Era más que frustración. Avanzó hacia ella y la agarró por los brazos.

–Ellen, no te hagas esto. Tu obsesión con Haughton raya en lo enfermizo; está envenenando tu mente. Te mantiene encadenada a una vida que no deberías estar viviendo. Lo llamas «hogar», pero es una tumba... tu tumba. ¿Es que no lo ves? Te has enterrado allí en vida, aferrándote a esa casa solo porque puedes usarla como un arma contra Pauline, que cometió el crimen de casarse con tu padre y le dio la oportunidad de volver a ser feliz...

Ellen emitió un gemido ahogado de indignación, pero él no paró. No podía parar. Era demasiada la frustración que sentía. Tenía que hacerle ver que su rencor era lo que estaba destruyéndola.

–Ellen, mírate: has dejado que la ira y el resentimiento te corroyeran por dentro durante años. Nunca les has dado una oportunidad a Pauline y a Chloe. Nunca quisiste que fueran parte de tu familia, reconócelo. Tenías una dependencia tremenda de tu padre, y es comprensible porque habías perdido a tu madre, pero has acabado obsesionada con castigar a tu madrastra y a tu hermanastra negándote a vender Haughton.

Ellen le dio un empujón y se tambaleó hacia atrás. Estaba mirándolo con los ojos muy abiertos, como espantada.

–¡Es mi hogar! ¿Por qué debería vendérselo a alguien como tú que acabará convirtiéndolo en un hotel? ¿O que se lo venderá a algún oligarca, o a un jeque que solo lo pisara una vez al año, si es que lo pisa?

Max sacudió la cabeza.

–No es eso lo que pienso hacer con Haughton. Lo que quiero es...

Ella no le dejó terminar. ¡Dios!, ¿por qué había elegido precisamente ese momento para volver a aguijonearla? ¿Por qué no podía dejarla tranquila, dejar de insistirle una y otra vez?

–¡Me da igual lo que quieras! –le espetó–. Lucharé hasta el final; lucharé contra Pauline y contra Chloe hasta el final. Haughton es mi hogar... ¡y lo único que quiero es vivir allí en paz!

–¡Pues entonces hazlo! –exclamó Max, cortando el aire con un golpe de su mano. Estaba tan exasperado que no podía controlarse–. Cómprales su parte a tu madrastra y tu hermanastra y pon fin a esa disputa vengativa que está envenenándote.

Vio cómo sus palabras paralizaban a Ellen.

–Que les compre su parte... –murmuró.

No era una pregunta, ni una afirmación; solo un eco de lo que él había dicho. Y se había puesto pálida, muy pálida. Max inspiró.

–Sí, cómprales su parte. Si es así como te sientes, cómprales su parte para que puedan irse a vivir a otro sitio a kilómetros de ti; estoy seguro de que ellas también están ansiosas por alejarse de ti. Y entonces acabará esta tragedia griega. Bien sabe Dios que he intentado mostrarte que hay otro mundo ahí fuera, que podrías disfrutar de tu vida, pero mientras sigas empeñada en vengarte de ellas, en castigarlas, el veneno seguirá destruyéndote.

Resopló con pesadez. Era como darse cabezazos contra una pared. Se dio la vuelta y fue a la mesa a servirse una taza de café que se bebió de un trago, con rabia. ¿Es que era incapaz de ver el daño que se estaba haciendo a sí misma?

Sintió un ligero toque en el brazo. Era Ellen, reclamando su atención. Dejó la taza en la mesa y se volvió hacia ella. Había algo extraño en su expresión, algo que no había visto antes y que le hizo pensar en un animal herido de muerte.

–Has dicho que debería comprarles a Pauline y a Chloe su parte de Haughton –dijo con un hilo de voz–. ¿Con qué dinero? –le espetó.

Max resopló exasperado.

—Ellen, no me seas melodramática —la increpó—. Podrías comprársela si quisieras. Pauline me dijo que salvo las dos terceras partes que tu padre les dejó de Haughton a Chloe y a ella, tú heredaste todo lo demás: sus acciones, sus activos... Ella misma me dijo que era un hombre muy rico.

Ellen seguía pálida como una sábana, pero cuando habló lo hizo en un tono muy calmado. Demasiado calmado.

—Deja que te diga algo, Max. ¿Recuerdas la noche de la fiesta de disfraces?, ¿ese joyero al que hiciste venir? ¿Recuerdas que elegí al instante ese conjunto de rubíes?

También había algo extraño en su voz, algo que hizo a Max fruncir el ceño.

—No lo elegí por que combinara bien con el color de mi vestido —continuó Ellen—. Fue porque... —apretó los puños— porque esas joyas pertenecieron a mi madre. Las reconocí al momento; en especial el anillo, porque era su anillo de compromiso. Y antes perteneció a mi abuela, y a mi bisabuela... igual que el resto del conjunto. A mi madre le encantaba, pero a Pauline no.

A Max, que se temía lo que venía a continuación, se le heló la sangre en las venas.

—Y lo vendió. Vendió buena parte de las joyas de mi madre; solo se quedó con las que le gustaban a ella o a Chloe. De hecho, a las dos les gustan las perlas, y el collar de perlas que Pauline llevaba el día que viniste a almorzar era un regalo que mi padre le hizo a mi madre por sus diez años de casados, y la pulsera de perlas que llevaba Chloe me la regalaron mis padres al cumplir los trece años. Chloe me la quitó y se la quedó para ella; dijo que era un desperdicio que alguien como yo, que no soy más que una elefanta torpe y fea, tuviera algo así. Y nunca, jamás, dejó escapar la oportunidad de recordármelo. Cuando fuera y donde fuera. Consiguió que en el colegio se rieran de mí, y ha seguido riéndose de mí todos estos años. ¡Ha estado burlándose sin piedad de mí desde que mi pobre padre cayó en las garras de su madre! —hizo una pausa para tomar aliento antes de continuar—. Y sí, cuando Pauline se casó con él, mi padre era un hombre muy rico. Eso fue lo que la atrajo de él, su dinero. Le encantaba gastarlo a manos llenas. Y eso fue lo que hizo: ¡gastar, gastar y gastar! Se lo gastó todo, ¡todo! Se lo gastó en interminables vacaciones en lugares carísimos. Se gastó una fortuna para contratar a un importante diseñador de interiores para redecorar Haughton. Y se gastó aún más dinero en prendas de alta costura para Chloe y para ella, en coches deportivos que cambiaba cada año, en joyas, en fiestas, y en general en vivir por todo lo alto a expensas de mi padre.

Max no podía dar crédito a lo que estaba oyendo. Levantó una mano y abrió la boca para decir algo, pero Ellen no se lo permitió.

—Y lo que te dijo Pauline es mentira —le espetó—. Mi pobre padre no pudo dejarme sus acciones ni sus activos porque tuvo que venderlos para poder mantener el tren de vida de Pauline. Cuando murió prácticamente no le quedaba nada excepto Haughton, y, si les dejó dos tercios a Pauline y Chloe, fue porque mi madrastra se aseguró de que modificara su testamento cuando se casaron. Así que ya ves, no me queda nada salvo un tercio de Haughton, así que me resultaría difícil comprarles a

Pauline y a Chloe su parte con mi sueldo de profesora. Con eso pago la comida, las facturas, las tasas del ayuntamiento... y los gastos básicos de mi madrastra y mi hermanastra, como cuando van a la peluquería. Sus viajes al extranjero, por supuesto, los pagan vendiendo las antigüedades y los cuadros que aún quedan en la casa. Aunque, para ser justa con ellas –añadió con sarcasmo–, es lo mismo que he decidido hacer yo para pagar toda la ropa que compré. Al fin y al cabo, ¿por qué no habría de agenciarme yo también una parte, una ínfima parte, de lo que aún queda, teniendo en cuenta todo con lo que ha arrasado mi madrastra? Y por eso mismo... –su voz sonaba fría como el acero, y sus ojos relampagueaban–. Por eso mismo, ¿no crees que tengo derecho a mostrarme reacia, cuando menos, a dejar que esas dos sanguijuelas vendan la casa de mis padres, que me arrebaten también eso? Es lo único que me queda. Me han quitado todo lo demás, ¡todo! Desangraron a mi padre y convirtieron su vida y la mía en un infierno, y las odiaré con toda mi alma hasta el día en que me muera.

Ellen exhaló un suspiro tembloroso, como si ya no le quedaran energías, pero aún no había terminado.

–Así que, si no te importa, me marcho. Vuelvo al lugar en el que nací y crecí, donde una vez fui feliz, hasta que esas... aves carroñeras lo invadieron. Me vuelvo al hogar que tantas veces soñé que un día sería mío, donde formaría mi propia familia, donde viviría el resto de mis días... Ese hogar que ahora quieren arrebatarme esas dos viles avariciosas porque ya es lo único que pueden quitarme. Y por eso quiero disfrutar de él el tiempo que pueda, hasta que un juez me obligue a abandonarlo.

Con el rostro contraído y lleno de dolor, se dio media vuelta y agarró su maleta y su bolso, que había dejado junto a la pared, y Max, aturdido y sin saber qué hacer o qué decir, la vio salir de la suite y cerrar tras de sí de un portazo.

Capítulo 11

EL SOL bañaba Haughton con su luz, pero, cuando entró en la casa, Ellen no podía sentirse más triste. Por el recuerdo de cómo le habían destrozado la vida a su padre, por la avaricia de su madrastra, por la discusión con Max, por el final amargo que habían tenido esos idílicos días con él, y también por la pérdida de su hogar, que sabía que habría de llegar antes o después.

Mientras entraba en la cocina, sintió que la dura realidad se imponía, y supo entonces que no podía seguir engañándose, que tenía que hacer frente a esa verdad que no quería aceptar. «No puedo seguir así; no puedo...».

Tenía que hacerlo, tenía que enfrentarse a ello. No podía continuar parapetándose tras aquella destructiva guerra continua contra Pauline y Chloe. Era una guerra que sabía que no podía ganar. Una guerra que estaba haciéndole daño, que la estaba amargando.

«No puedo evitar que me arrebaten Haughton. No puedo pararlas. Pero tampoco puedo seguir así. Lo único que puedo hacer es darme por vencida, claudicar, renunciar a mi hogar....».

Las palabras de Max resonaron en su mente, clavándose dolorosamente en su ánimo como un aguijón. Había dicho que su casa era una tumba, su tumba. Apretó los puños, negándolo desesperada para sus adentros, pero la horrible sensación que habían causado en ella esas palabras no se desvanecía, como si su subconsciente pretendiese obligarla a afrontar la verdad.

Esa, y otra verdad: que había cambiado. Max la había cambiado. Y no solo en lo que se refería a su aspecto exterior, sino también el interior. Ya no era la misma persona. Iba a perder Haughton y no podía tener a Max, pero se tenía a sí misma, y debía ser valiente y transigir con lo que hasta entonces había sido impensable para ella.

Por eso, aun con el corazón apesadumbrado, una espantosa sensación de miedo y una angustia horrible, fue al salón, se sentó junto a la mesita donde estaba el teléfono y se preparó para hacer la llamada que sabía que tenía que hacer.

Max escuchaba con educación y fingido interés al ministro de Desarrollo y Obras Públicas del jeque. La reunión estaba yendo bien, estaban estableciendo acuerdos que les reportarían beneficios mutuos, todo se estaba desarrollando en un tono muy cordial y todo el mundo estaba contento.

Sin embargo, los pensamientos de Max estaban muy, muy lejos de allí, porque no dejaba de darle vueltas a un proyecto que era insignificante en comparación con el que se estaba discutiendo allí, pero que era infinitamente más importante para él. Un proyecto crucial para su futuro. Su abogado de Inglaterra acababa de llamarlo, justo antes de que empezara la reunión, y, al hablar con él, Max había respirado aliviado.

Cuando por fin terminó la reunión, de un modo completamente satisfactorio, Max abandonó del edificio y se dirigió al coche que lo esperaba. El calor del Golfo Pérsico lo envolvió al salir a la calle, pero Max apenas lo notaba porque cada uno de sus pensamientos giraba en torno a Ellen.

Debería estar allí con él. Habrían explorado juntos el zoco del casco antiguo de la ciudad, con su olor a mil especias distintas y la fragancia del incienso impregnándolo todo. Navegarían bordeando la costa en un velero, verían juntos el atardecer, irían a...

Interrumpió esos pensamientos. No era el momento de ponerse a fantasear con lo que podría haber sido y no fue. Tenía que centrarse en el futuro; tenía que volver a su hotel, telefonear a Londres, acelerar el papeleo, y todo a la mayor celeridad posible. No podía permitirse que hubiese ningún retraso. El resto de su vida dependía de ello.

Ellen miró el cronómetro, se puso el silbato en los labios y sopló para pitar el final del partido de *lacrosse* que estaba arbitrando. El viento frío que se había levantado la hizo estremecerse; cualquiera diría que procedía directo de la tundra, cientos de kilómetros al norte. Parecía que en Canadá la primavera estaba tardando más en llegar que en Inglaterra.

Sin embargo, le estaba muy agradecida a la directora por haberle pedido que acompañara al equipo de *lacrosse* del colegio a ese partido en Ontario, aunque hubiese tenido que preparar la maleta con tan poco tiempo. La profesora que iba a haber ido con las chicas había tenido un contratiempo de última hora que le había impedido hacerlo.

Y aún más agradecida se sentía de la invitación que le había hecho ese mismo día el director del colegio contra el cual jugaban de que trabajase allí ese semestre como profesora de intercambio. Nuevos horizontes, una nueva vida... seguro que Max lo aprobaría. «No, no pienses en él», se dijo apartando de inmediato ese pensamiento de su mente. «No pienses en nada relacionado con él». Max ya no formaba parte de su vida. Ya no había nada que los uniera. Nada, excepto... Sintió una punzada en el pecho. Nada excepto ese lugar por el que tanto había luchado, el lugar del que una llamada a su abogado la había desgajado para siempre.

Quizás allí, en Canadá, mientras se forjaba una nueva vida, podría empezar a olvidar el hogar que había perdido. Quizás también dentro de unos años podría olvidar al hombre que le había dado algo que jamás había pensado que pudiera tener, confianza en sí misma, y que ahora poseía lo que ella tanto había temido perder. Tal vez, aunque le resultaba difícil de creer, porque solo había un sitio en el mundo que consideraba su hogar, y solo había un hombre en la tierra con quien habría querido compartirlo. ¿Por qué lo echaba tanto de menos? ¿Por qué no podía pensar en otra cosa que en volver corriendo a su lado, ir con él allá donde fuera, aunque solo fuese hasta que se cansase de ella?

Max giró el volante para entrar en el camino de grava flanqueado a ambos lados por arbustos de rododendros color carmín. Un poco más adelante se extendían los jardines de Haughton y la casa, con la glicinia violeta en flor colgando sobre el porche.

Tal y como le habían dicho Pauline y su hija, Haughton se mostraba en todo su esplendor a finales de primavera. Una honda satisfacción invadió a Max mientras rodeaba la casa con el coche. Había conseguido exactamente lo que quería.

Al aparcar en el patio de atrás, acudió a su mente el recuerdo del primer día que había visitado la propiedad. Y ahora Haughton era suyo. Sus labios se curvaron en una sonrisa, y sus ojos brillaban cuando se bajó del coche y fue hasta la puerta trasera de la casa. Por fin Haughton era suyo, y podría hacer con la propiedad lo que quisiera, sin más obstáculos ni impedimentos.

Sacó las llaves del bolsillo del pantalón y abrió. Al entrar, se detuvo un momento en la cocina, donde Ellen le había comunicado, con tanta vehemencia, su negativa a venderle su parte de la propiedad, que solo lo haría si un juez la obligara. Bueno, por suerte eso no había sido necesario, pensó esbozando una nueva sonrisa.

Siguió por el pasillo hasta el salón. Hacía frío porque no estaba puesta la calefacción, ni encendida la chimenea, pero eso se solucionaría fácilmente. Miró a su alrededor, respirando el silencio de la vieja casona.

«Está esperando», pensó. «Esperando a ser habitada de nuevo, a convertirse otra vez en un hogar lleno de vida, a ser querida y valorada».

Recordó el día en que, de pie en ese mismo lugar, había sentido un impulso repentino e inexplicable, y había decidido que quería echar raíces allí y formar una familia.

Por un instante sintió pesar por lo que había hecho, pero de inmediato ese pesar se disipó. Había hecho lo que tenía que hacer, y lo había hecho porque había querido. No podía sino sentirse satisfecho por lo que había conseguido. Y desde luego que no lamentaba el precio que había tenido que pagar para conseguirlo. En absoluto.

Salió del salón, fue hasta la puerta principal, descorrió el cerrojo y la abrió de par en par. Solo hacía falta una firma más para que se consumara su propósito, para conseguir lo que quería. Y muy pronto la tendría...

Ellen iba sentada en un taxi que la llevaba de la estación de tren a Haughton, y el dolor que la embargaba era tan profundo que se sentía como si algo estuviese muriendo dentro de ella. Aquella sería la última vez que entraría en la casa que había sido su hogar y ya no lo era. Esa mañana había llegado de Ontario, y solo iba a Haughton para recoger sus cosas y algunos recuerdos que aún guardaba de sus padres antes de volver a Canadá.

Todo lo demás estaba incluido en la venta de la casa. Una venta que había sido llevada a cabo a una velocidad de vértigo después de que hiciera aquella fatídica llamada a su abogado para cederles la victoria a Pauline y a Chloe.

Lo único que faltaba era que ella pusiera su firma en el contrato. Llamaría al abogado en el trayecto de vuelta a la estación. No sabía dónde estaban Pauline y Chloe, y tampoco le importaba. Solo sabía que habían firmado el contrato y habían abandonado Haughton. Seguramente estarían impacientes por recibir la transferencia de su parte de la venta para poder gastarse el dinero como habían hecho con el de su padre.

Cerró los ojos con fuerza. No podía dejar que la ira y el rencor volviesen a apoderarse de ella. ¡No podía! Max tenía razón en lo que le había dicho: esas emociones negativas habían estado royéndola por dentro demasiado tiempo. Tenía que empezar una nueva vida. Sin Haughton. Sin Max.

Se sentía como si tuviera un puñal clavado en el pecho. «He perdido mi hogar y tengo el corazón hecho añicos», pensó con un nudo en la garganta. «Y no puedo soportarlo, pero tengo que volver a levantarme y seguir con mi vida».

–¡Pare, por favor!

El taxista dio un respingo, sobresaltado, pero frenó. Estaban a un par de metros de la verja de entrada a la propiedad, pero Ellen quería cruzarla a pie una última vez. Con manos temblorosas sacó de su monedero un puñado de billetes para pagar al taxista. El hombre le entregó la vuelta y, después de darle las gracias, Ellen se bajó del vehículo.

Arrastró su maleta de ruedas por el camino de grava, y un torbellino de emociones se revolvió en su interior. Era una agonía casi insoportable pensar que pronto lo único que le quedaría de su amado hogar serían sus recuerdos.

«Pero una vez fui feliz aquí», pensó. «Y nadie puede quitarme esos recuerdos. Vaya donde vaya, esos recuerdos me acompañarán».

Igual que siempre llevaría en su corazón el recuerdo de las maravillosas semanas que había pasado junto a Max, se dijo inspirando temblorosa.

Al llegar a los jardines cruzó por el césped en dirección a la casa para acortar. «Esta será la última vez que vea la casa», pensó desolada. «La última vez...».

Pero cuando alzó la vista se paró en seco al ver que allí de pie, en el porche, estaba Max.

Max la observó mientras se acercaba. A través del colegio había averiguado a qué hora llegaba su vuelo y, sumándole a eso el trayecto en tren y taxi, había hecho un cálculo aproximado de a qué hora llegaría, y se había asegurado de estar allí él antes con todos los papeles preparados.

Cuando Ellen llegó al porche vio que estaba muy pálida y que tenía el rostro contraído. Sintió una punzada en el pecho de verla así, pero reprimió esa emoción. No era el momento; tenía que cerrar aquel asunto lo antes posible.

—¿Qué estás haciendo aquí?

En cuanto esas palabras cruzaron sus labios, Ellen se dio cuenta de lo estúpido que era que le hubiese hecho esa pregunta. ¿Que qué estaba haciendo allí? Era el nuevo propietario; tenía todo el derecho a estar allí.

—Estaba esperándote —dijo él.

Max se hizo a un lado, indicándole con un ademán que entrara en la casa, en la que ahora era su casa, no la de ella, pensó Ellen con pesar. O al menos ya no sería suya cuando firmara el contrato de venta. Ese debía de ser el motivo de que estuviese allí esperándola. Tendría prisa por que lo firmara y habría decidido llevarle los papeles para acabar cuanto antes.

Y aun así... Llena de angustia, Ellen tragó saliva.

¿Por qué?, ¿por qué tenía que hacerla pasar por ese calvario? Volver a verlo era como encontrarse con un oasis tras caminar durante días por el árido desierto.

–Ven –le dijo–, tengo los papeles en la biblioteca.

Ella dejó la maleta en el vestíbulo y lo siguió como una autómata. No podía despegar los ojos de él. Se sentía débil, sin voluntad y sin fuerzas...

Max fue hasta el que había sido el escritorio de su padre. Encima estaban los documentos que tenía que firmar. Max le señaló la silla con un ademán. A Ellen le temblaban las piernas, pero rodeó el escritorio y se sentó. Miró a Max, que se había quedado de pie frente a ella.

–Iba a ir al abogado después para firmarlos –balbució.

Él sacudió la cabeza.

–Bueno, ya no tendrás que ir –le dijo, y tomó la pluma que había junto a los papeles y se la tendió.

Ellen la tomó, vacilante, e inspiró, haciendo acopio de valor para firmar. ¿Qué otra cosa podía hacer? «Hazlo. Vamos, hazlo ya. Antes o después tienes que hacerlo. Haz de tripas corazón y firma».

Acercó la pluma al papel que tenía delante, pero se detuvo antes de escribir nada porque la enormidad de lo que estaba a punto de hacer la había dejado paralizada. Levantó la cabeza y miró a Max desesperada.

–Ellen, firma el contrato –le dijo él, plantando las manos en la mesa e inclinándose sobre ella–. Vamos, fírmalo.

La expresión de Max era implacable. Para un hombre como él, acostumbrado a hacer transacciones multimillonarias, aquello no era más que calderilla, una gota en el océano, cuando para ella lo era todo.

–Fírmalo –la instó de nuevo, con sus ojos fijos en

los de ella–. Es por tu bien –añadió en un tono suave, aunque impaciente.

Ellen agachó la cabeza, pasó una tras otra las páginas del contrato sin molestarse en leerlas, y cuando llegó a la última firmó despacio, muy despacio. Luego tragó saliva, volvió a ponerle a la pluma el capuchón y la dejó de nuevo en la mesa. «Ya está. Se acabó», se dijo. El que había sido su hogar ya no le pertenecía. Ahora no era más que otra propiedad en la cartera de inversiones de Max Vasilikos. Ese pensamiento hizo que se le revolviera el estómago y, sin poder contenerse, le suplicó:

–Max, por favor... sé que lo que hagas con Haughton no es cosa mía... Pero una vez esta casa fue un hogar, el hogar de mi familia, y fuimos muy felices aquí. Por favor... por favor, piensa que otra vez podría llegar a serlo, aunque sea para otras personas...

La expresión de Max era inescrutable. Se irguió, dio un paso atrás y miró a su alrededor antes de volver a posar sus ojos en ella.

–La primera vez que vine a Haughton –le dijo–, mi plan era, si me decidía a comprar la propiedad, revenderla, o alquilarla. Pero... –giró la cabeza hacia el ventanal, que se asomaba a los jardines–. Pero mientras la recorría me di cuenta de que no era eso lo que quería.

Volvió a girar la cabeza hacia ella, y Ellen entrevió algo en sus ojos que hizo que su corazón palpitara trémulo, aunque no sabía por qué.

–Me di cuenta –continuó Max en un tono distinto– de que quería esta casa para mí. De que quería hacer de ella mi hogar. Y sigo queriéndolo; sigo queriendo que sea un hogar.

Una profunda emoción embargó a Ellen, que cerró los ojos con fuerza un instante.

—Me alegra tanto oír eso, Max... —le dijo al volver a abrirlos, con voz entrecortada—. Esta casa merece ser amada, y merece volver a ser un hogar feliz.

Y, sin embargo, le dolía el corazón. Era maravilloso saber que Max no iba a convertir la casa en un hotel, ni a vendérsela a alguien que ni siquiera haría uso de ella, pero el saber que quería que fuera su hogar, un hogar sin ella...

Se le partía el alma al imaginárselo casándose con otra mujer, cruzando el umbral de Haughton con esa desconocida en brazos vestida de novia, al imaginárselos rodeados de niños con un árbol de Navidad en el salón, donde ella había abierto los regalos de niña con sus padres...

Una fuerte punzada le atravesó el pecho. Se levantó, arrastrando la silla, y miró a Max con un nudo en la garganta.

—Sí, merece volver a ser un hogar feliz —murmuró Max con un tono extraño—. Y, aunque sé que quizá sea mucho esperar, me gustaría que pudiera ser mi hogar.

Ellen se quedó mirándolo sin comprender. ¿Por qué decía eso? La casa ahora era suya; había firmado el contrato.

—Pero eso depende enteramente de ti —añadió él.

Ella lo miraba anonadada, y, si no hubiera estado tan confundida, habría visto el brillo travieso de los ojos de Max.

—Antes de firmar algo, siempre deberías leerlo —le dijo él con suavidad.

—Pero si es un contrato de venta —balbució ella—, por el cual accedo a venderte mi parte de Haughton...

–No –replicó él–. Léelo –dijo tomando el documento y tendiéndoselo.

Aturdida, Ellen lo tomó y empezó a leerlo, pero estaba escrito en ese enrevesado lenguaje legal que empleaban los abogados y, nerviosa como estaba, era incapaz de encontrarle sentido a lo que estaba leyendo.

–Es un contrato de venta –dijo Max–, pero no eres tú quien vende –hizo una pausa–; soy yo.

Capítulo 12

MAX no apartaba sus ojos de los de ella.

–Con ese contrato... –continuó Max, y lo vio tragar saliva, como si de pronto estuviera embargándolo la emoción–. Con ese contrato te vendo las dos terceras partes de Haughton que ya les he comprado a tu madrastra y a tu hermanastra, y que ahora... que ahora te devuelvo a ti. Y te las he ofrecido por muy buen precio; estoy seguro de que hasta tu sueldo de profesora te alcanza para pagarme cien libras. ¿Qué te parece? Espero que te parezca un precio justo, porque acabas de firmar el contrato.

Ellen no decía nada. Seguía mirándolo sin comprender, anonadada.

–No... no entiendo –dijo con un hilo de voz, dejando los papeles en la mesa.

Durante un tenso instante que se le hizo eterno, permanecieron plantados el uno frente al otro sin decir nada. Ella estaba blanca como una sábana y Max, como si ya no pudiera seguir conteniendo sus emociones, se desbordó igual que una presa.

–¿De verdad crees que te arrebataría tu hogar, después de que me arrancaras la venda de los ojos? –le espetó con sentimiento–. Después de que me contaras todo lo que os habían hecho pasar Pauline y Chloe a tu padre y a ti, supe que solo podía hacer una cosa. Y ahora... –suspiró aliviado– ya está hecho. Llamé a mi abogado de inmediato, en cuanto te fuiste, localizó a tu madrastra, que estaba de vacaciones en España, y le dijo que quería comprarles sus dos tercios de la propiedad, aunque tú no estuvieras dispuesta a venderme tu parte. Y según parece –añadió en un tono sarcástico–, no se lo pensó dos veces: agarró la oportunidad como si fuera un collar de diamantes que alguien estuviera agitando ante ella. Mi abogado me llamó cuando estaba en el Golfo para decírmelo, y entonces supe que por fin era libre para hacer lo que acabo de hacer: asegurarme de que Haughton volviera a tus manos.

Ellen lo escuchaba en silencio sin atreverse a creer aún lo que le estaba diciendo, sin atreverse a creer que acababa de recuperar su querida casa por nada, por solo cien libras...

No podía creerse que Max le hubiese hecho un regalo tan maravilloso. De pronto le faltaba el aliento, y el corazón le latía con tanta fuerza que lo sentía martilleando el su pecho.

–¿Por qué? –fue lo único que acertó a decir en un murmullo–. ¿Por qué, Max? –inspiró temblorosa–. ¿Por qué habría de importarte lo que Pauline y Chloe nos hicieron a mi padre y a mí? ¿Por qué habrías de hacerme un regalo tan maravilloso como este?

Él seguía mirándola, y la expresión de su rostro le hizo albergar esperanzas, pero le parecía tan imposible que algo así pudiera sucederle a ella...

–¿Por qué? –repitió Max.

Pero no le respondió, sino que tomó su mano y escrutó su rostro. A Ellen le flaqueaban las rodillas y lo miraba como si aquello no pudiese ser real. Que el hombre que le había devuelto la confianza en sí misma, le hubiese devuelto su hogar también... Una gratitud infinita la embargó. Estaba abrumada.

–¿Te preguntas por qué? –murmuró Max con esa voz acariciadora. Tomó su otra mano–. Ellen, Ellen... mi hermosa, encantadora y apasionada Ellen... ¿De verdad que no tienes la menor idea de por qué he hecho esto? –le preguntó, fingiéndose dolido–. ¿No acabo de decirte hace un momento que cuando visité Haughton por primera vez supe que quería que este fuera mi hogar? Sentí que había algo en este lugar, en esta casa, que me llamaba. Después de todos estos años yendo de un sitio a otro, sin un hogar, había encontrado un sitio que me decía que me parara... y que me quedara. Que construyera una nueva vida aquí. Por eso estaba tan empeñado en comprar esta casa. Por eso estaba dispuesto a hacer cualquier cosa para conseguir que fuera mía. Hasta el punto de llevarte de viaje conmigo para mostrarte todo lo que podía ofrecerte el mundo si renunciabas al lugar que quería para mí –le confesó con una triste sonrisa–. Sé que no hice más que insistirte e insistirte, pero... es que había estado intentando encontrar una explicación a esa obstinación tuya a vender tu parte, y tu madrastra y tu hermanastra me habían dicho que estabas obsesionada con la casa, que no habías aceptado que tu padre volviera a casarse, que siempre las habías visto como a unas usurpadoras –sacudió la cabeza–. Y yo me acordaba de mi infancia, de que mi padrastro nunca me había querido, que siempre pareciera ofenderle mi mera existencia. Para él nunca fui más que un estorbo, aunque bien que me hacía trabajar en su negocio, nunca fui otra cosa que un mocoso con el que había tenido que cargar. Y puede que... puede que por eso estuviese tan dispuesto a creer lo que Pauline y Chloe me dijeron de ti. Me convencí de que tu resentimiento hacia ellas te estaba enajenando, que te mantenía encadenada a este lugar, y que veías el negarte a venderlo como tu único modo de castigar a Pauline por haberse casado con tu padre y haber ocupado el lugar de tu madre.

Los ojos de Ellen se llenaron de dolor mientras lo escuchaba, y la voz le temblaba ligeramente cuando respondió.

–No, me alegré cuando mi padre me dijo que se iba a volver a casar. ¡Me alegré tanto por él! Lo había pasado muy mal tras la muerte de mi madre, y yo quería volver a verlo feliz. Y pensé que, si Pauline lo hacía feliz, yo también sería feliz. Intenté que Chloe y ella se sintieran a gusto con nosotros, e intenté hacerme amiga de Chloe... –se le quebró la voz–. Bueno, ya te conté cómo se portaron. Y si, a pesar de su desdén hacia mí, hubiera visto a mi padre más feliz, lo habría soportado, pero a los pocos meses de la boda mi padre comprendió que Pauline solo se había casado con él por su dinero... –apretó los labios–. Y lo peor era que no había nada que pudiera hacer. Si se hubiera divorciado de Pauline, ella se habría llevado la mitad de todo lo que tenía; le habría obligado a vender Haughton y a darle a ella una parte del dinero de la venta. Así que siguió pagando todos sus caprichos. Yo, que no quería causarle más dolor, le ocultaba el modo en que me trataban, le ocultaba que Chloe había convertido mi día a día en el colegio en un infierno, que se burlaba de mí porque no era delicada como ella, y me repetía que era repelente hasta que llegué a creérmelo y... –volvió a quebrársele la voz y tuvo que hacer una pausa antes de continuar–. No quería que mi padre se preocupara, y cuando murió casi sentí alivio de poder dejar de fingir. Al menos podía enfrentarme abiertamente a Pauline y a Chloe, y aunque sabía que sería imposible evitar que al final vendieran Haughton, me propuse luchar contra ellas con uñas y dientes para ponérselo lo más difícil posible –sacudió la cabeza–. Tienes razón: estaba usando Haughton como un arma contra ellas; la única que me quedaba –su mirada se ensombreció–. Pero, cuando volví aquí después de que regresáramos del Caribe y me marchara enfadada del hotel, comprendí que... comprendí que había cambiado y que era verdad lo que me decías, que estaba haciéndome daño. Así que decidí que era el momento de rendirme. Ellas habían ganado, yo había perdido, y lo único que podía hacer era marcharme e iniciar una nueva vida en otro sitio, en cualquier otro lugar –inspiró temblorosa–. Pensaba que esta... que esta iba a ser la última vez que viera mi hogar.

Max negó con la cabeza y en un tono muy suave le dijo:

–Pero ahora esta casa es tuya, para siempre, y nadie podrá volver a amenazarte con arrebatártela.

Un gemido ahogado escapó de la garganta de Ellen, luego un sollozo, y las lágrimas comenzaron a rodar por sus mejillas. Max la rodeó con sus brazos y ella se aferró temblorosa a él mientras lloraba de emoción, de alivio y de incredulidad, porque no se podía creer que aquello fuera real, que el miedo y la angustia ante la idea de perder su hogar se hubiesen desvanecido de un plumazo... para siempre. Y era gracias a Max.

Max le acariciaba el cabello mientras le susurraba cosas en griego. No sabía qué significaban esas palabras, pero sí sabía que era el hombre más maravilloso del mundo, que tan generoso había sido con ella.

Levantó la cabeza, enjugándose las lágrimas con el dorso de la mano.

—Sigo sin entenderlo —le dijo—. Me has hecho este regalo tan increíble y aún no comprendo por qué querrías hacer algo así cuando tú mismo me has dicho que te quedaste prendado de Haughton la primera vez que viniste y querías convertirlo en tu hogar.

Max esbozó una sonrisa enigmática.

—Bueno, supongo que no me queda otro remedio que admitir que soy un tanto retorcido —le dijo, y de pronto se puso serio—. Me sentí fatal cuando me di cuenta de lo equivocado que había estado, de cómo me había dejado engañar por Pauline y Chloe. Me repugnó tanto que hubiesen explotado de ese modo a tu padre, y que hubieran sido tan crueles contigo, que me propuse reparar esas injusticias arrancando la casa de sus garras y devolviéndotela, pero... —hizo una pausa y añadió con sorna—: Pero aunque estaba decidido a devolverte Haughton porque sabía cuánto amabas esta casa, también tengo que admitir que... bueno, que también tenía otros motivos menos altruistas —había un brillo travieso en sus ojos—. Hace un rato te he dicho que me gustaría que esta pudiera ser mi casa, pero eso depende enteramente de ti. Así que... ¿qué me dices? —le preguntó enarcando una ceja—, ¿estarías dispuesta a compartir Haughton conmigo?

Ella lo miró confundida.

–¿Quieres decir... como copropietarios? –aventuró. Él sacudió la cabeza.

–No, quiero que Haughton sea tuyo y solo tuyo –respondió–. Yo estaba pensando en algo distinto.

–No comprendo...

–Entonces quizá debería explicártelo –le dijo Max.

La soltó, dio un paso atrás, y Ellen lo vio meter la mano en el bolsillo de la chaqueta y sacar una cajita recubierta de terciopelo. El corazón le palpitó con fuerza y se le cortó el aliento. Max hincó una rodilla en la alfombra y alzó la vista hacia ella.

–¿Querrás, mi hermosa, maravillosa y adorada Ellen, concederme el honor, el grandísimo honor de hacer de mí el hombre más feliz del mundo?

Abrió la cajita, y Ellen gimió al ver el anillo de rubíes que había dentro.

–Esperaba –dijo Max enarcando de nuevo una ceja– poder persuadirte con esto.

Era el anillo de compromiso de su madre, el anillo que su padre le había dado y ella había llevado en la fiesta de disfraces. Max se incorporó, sacó el anillo de la cajita, que volvió a guardarse, y se lo tendió, ofreciéndoselo de nuevo.

–¿Cómo lo has conseguido...? –le preguntó ella con un hilo de voz.

–Llamé al joyero y le compré el conjunto completo: el anillo, los pendientes, el collar y la pulsera –le explicó Max–. También obligué a Pauline y a Chloe a incluir en el contrato de venta de su parte de la casa todas las joyas que se habían quedado. Y en cuanto a las otras joyas y los cuadros y las antigüedades que vendieron, mis abogados están ocupándose de buscar a sus compradores para recuperarlos también. Como verás –añadió de nuevo con ese brillo travieso en la mirada–, he hecho todo lo que estaba en mi mano para persuadirte de que te cases conmigo, aunque aún no me has dado una respuesta.

¿Era su imaginación, o había nervios en su voz, entrelazados con ese fino humor?, se preguntó Ellen. Tenía un nudo en la garganta, y tuvo que tragar saliva antes de preguntarle:

–Entonces... ¿acabas... acabas de pedirme que me case contigo?

–¿Quieres que lo repita? –le preguntó Max, haciendo ademán de arrodillarse de nuevo.

Ellen lo agarró por el brazo para detenerlo.

–No... No, no...

Él se irguió y la miró preocupado.

–¿Significa eso que no quieres casarte conmigo?

Ellen sacudió la cabeza con vehemencia. La emoción la desbordaba de tal manera que no conseguía articular palabra.

–Entonces, ¿eso es un «sí»? –inquirió Max–. Es que, necesito que me lo aclares –le dijo con humor–. Porque, bueno, es muy importante para mí –se puso serio de nuevo, y mirándola a los ojos añadió–: de tu respuesta depende mi felicidad y mi futuro.

Ellen volvió a tragar saliva.

–Pero... ¿por qué...? –repitió una vez más, incapaz de comprender que aquello pudiera estar pasándole a ella.

–¿Por qué qué? –inquirió él aturdido.

–¿Por qué... quieres casarte conmigo?

–Pues no lo sé, quizá esto te ayude a entenderlo... –murmuró.

La atrajo hacia sí y tomó sus labios con un beso apasionado. Ellen se derritió contra su cuerpo, le rodeó el cuello con los brazos y enredó los dedos en su pelo mientras respondía al beso con ardor. Cuando finalmente se separaron sus labios, estaba temblorosa, sin aliento.

–Me he enamorado de ti –le dijo Max, tomando su rostro entre las manos–. No podría decirte el momento exacto, pero, a pesar de que al principio mis motivos para llevarte de viaje conmigo eran convencerte de que renunciaras a Haughton, poco a poco me fui dando cuenta de cuánto me gustabas y de lo a gusto que estaba contigo. Jamás había sentido por ninguna otra mujer lo que siento por ti.

–¿Ni siquiera por Tyla Brentley? –inquirió ella con un hilo de voz.

Él resopló.

–Tyla era bonita, sofisticada... pero también muy egocéntrica –le dijo–. Tú eres completamente distinta a ella. Incluso antes de que te pusiera en manos de esas estilistas había algo en tu carácter que me atraía: eres inteligente, divertida, compasiva... –le dio un beso en la nariz–. Cuando te marchaste enfadada, el día que volvimos del Caribe, me di cuenta de que no podía vivir sin ti, y supe que tenía que hacer lo que fuera para recuperarte porque quería pasar contigo el resto de mi vida. Y si aceptas ser mi esposa y en algún momento llegas a sentir por mí siquiera la mitad de lo que yo siento por ti...

Ellen no le dejó terminar. Lo agarró por la nuca con ambas manos y lo besó con la misma pasión con que él la había besado a ella. Y, mientras lo besaba, las lágrimas volvieron a rodar por sus mejillas sin que pudiera contenerlas. Max la amaba... ¡la amaba!

–Eso tiene que ser un «sí», ¿no? –le preguntó él sonriente, cuando despegaron finalmente sus labios.

–¡Pues claro que sí! –respondió ella entre sollozos–. Al principio me decía que no estaba enamorada, que solo me había encaprichado de ti porque eras el primer hombre que llegaba a mi vida, pero no era solo eso. Lo que sentía por ti era real. Cuando nos separamos al volver del Caribe estaba destrozada. El solo imaginar el resto de mi vida sin ti era... ¡no podía soportarlo! Y ahora... ahora además de mi adorado hogar, tengo algo que es infinitamente más valioso para mí: te tengo a ti, mi maravilloso Max...

–Entonces... –dijo Max levantando la mano en la que tenía el anillo–, ¿lo hacemos oficial? –le preguntó con una sonrisa.

Ellen extendió la mano y Max deslizó el anillo en su dedo, pero no le soltó la mano, sino que la miró a los ojos y le dijo:

–La primera vez que vine a esta casa tuve una visión: me vi a mí mismo aquí, con una mujer a mi lado, formando juntos una familia. Creí que estaría ahí fuera, en algún lugar, y no me imaginé que todo ese tiempo había estado justo aquí, esperando a que la encontrara; esperándome –hizo una pausa–. Y ahora la espera se ha acabado. Ahora podemos disfrutar de esa vida juntos –la besó de nuevo, esa vez con ternura–. Salgamos fuera –le dijo–. Hace un día precioso, y quiero que las flores, el sol y el aire vean a mi preciosa prometida, a mi diosa, a mi leona.

–¿Puedo ser las dos cosas a la vez? –le preguntó ella, riéndose suavemente.

Max la miró con adoración y sonrió.

–Puedes ser todo lo que quieras, vida mía, mientras sigas queriéndome.

–Y tú a mí –respondió ella.

–Trato hecho –dijo Max, y la besó de nuevo.

Entrelazó el brazo de Ellen con el suyo, y salieron de la biblioteca.

Epílogo

MAX RODEÓ con el brazo a Ellen y la atrajo hacia sí. Estaban en Haughton, sentados en una manta de picnic que habían extendido en el césped, y observaban en silencio el atardecer sobre el lago. Ellen suspiró de puro contento y apoyó la cabeza en el hombro de Max.

–¿Seguro que no te importa que pasemos la luna de miel aquí en Haughton? –le preguntó levantando la cabeza para mirarlo.

Él sacudió la cabeza.

–Pues claro que no. ¿O acaso no sabes que yo soy feliz dondequiera que estés tú? Si aquí es donde tú eres feliz, nos quedaremos aquí el resto de nuestros días –le aseguró con una sonrisa afectuosa, y la besó en la frente.

–Es que... siento que si alguna vez abandono Haughton a mi regreso me encontraré con que toda esta felicidad era solo un sueño –murmuró–, con que aún vivo con Pauline y Chloe, y que siguen intentando obligarme a vender la propiedad.

Max volvió a sacudir la cabeza.

–Ni hablar –le dijo con decisión–. Esto es real, no un sueño. Y en cuanto a tu madrastra y tu hermanastra... te prometo que no volverán a poner un pie por aquí. Y, si se les ocurre volver al Reino Unido, ten por seguro que me enteraré.

Ella se incorporó y lo miró sin comprender.

–¿Qué quieres decir? –le preguntó.

–Que las tengo vigiladas –le confesó Max–, vayan donde vayan. De modo que, si en algún momento intentan volver a aprovecharse de alguien rico y vulnerable como lo era tu padre, me encargaré de hacer que esa persona sea puesta sobre aviso. Aunque puede que ya no necesiten desplumar a ningún otro hombre, ahora que tienen dinero a espuertas. Y no me refiero solo al dinero que les pagué por su parte de Haughton, aunque no se lo merecían.

Ellen parpadeó y frunció el ceño.

–No comprendo...

Max esbozó una sonrisilla maliciosa.

–Pues... resulta que les mencioné ciertas inversiones inmobiliarias que podrían generar importantes beneficios, y parece que tomaron nota, porque lo último que sé es que decidieron seguir mi consejo e invirtieron... Y, no sé, la verdad es que eran unas inversiones con cierto riesgo, así que... bueno, digamos que yo desde luego no lloraré si acaban desplumadas.

Ellen giró la cabeza y se quedó mirando el lago. A ella, que había estado a un paso de perder su amado hogar, también le costaría sentir lástima de Pauline y Chloe si perdiesen ese dinero.

–Si se quedan sin nada será cosa del karma –murmuró.

–Ya lo creo –asintió Max–. Y también cosa del destino, que me trajo aquí... para que nos conociéramos.

Giró él también la cabeza hacia el lago. Ahora

Haughton era el hogar de ambos, y sería el hogar de sus hijos. Una sensación de dicha lo embargó. Con la mano libre sacó la botella de champán de la cubitera que tenía a su lado.

—Hora de hacer otro brindis —dijo.

Ellen sostuvo las copas de los dos para que las llenara. Max volvió a dejar la botella en la cubitera y tomó su copa.

—Por nosotros —dijo levantándola y mirando a Ellen con ojos rebosantes de amor—. Por nuestro matrimonio, por nuestra vida juntos, por nuestro amor y por nuestro hermoso y querido hogar.

—Por nosotros —repitió Ellen—, y por ti, mi adorado y maravilloso Max, que has hecho que todos mis sueños se hagan realidad.

Brindaron, Max la besó con ternura, y ambos tomaron un trago de champán.

—Va a ser una luna de miel muy ajetreada —comentó él—, deshaciendo esa aséptica decoración del estilista al que contrató tu madrastra y devolviendo a la casa su aspecto original. Es una suerte que conservaras la mayoría de los muebles antiguos en el desván.

—Cierto. Aunque necesitaremos cortinas nuevas, y quizá también volver a tapizar los sofás —observó Ellen.

—Elegiremos juntos las telas —respondió Max—. No sé si te lo he dicho —añadió con un brillo travieso en la mirada—, pero siempre me han gustado los lunares. Creo que en el salón quedarían ideales unas cortinas de lunares... —bromeó.

Ellen se rio.

—Eso mejor lo dejamos para el cuarto del bebé —contestó.

Max parpadeó y la miró con mucho interés.

–¿Estás intentando decirme algo?

Por su tono parecía que aún estaba bromeando con ella, pero a Ellen no la engañaba.

–Bueno, no –admitió–, pero a lo mejor por estas fechas el año que viene... Así le daré tiempo a la directora para que encuentre a alguien cuando me dé de baja por maternidad.

–Entonces, ¿quieres seguir enseñando? –inquirió Max.

–¡Por supuesto que sí! –exclamó ella al instante–. No podría ser solo la esposa de un hombre rico y pasarme todo el día sin hacer nada. Además –añadió, mirándolo con picardía–, si dejo de dar clases de gimnasia puede que me abandone y acabe poniéndome como un tonel. ¡Y entonces tú ya no me querrás! –concluyó con un mohín.

Max se rio, le quitó la copa de la mano y la puso a un lado junto con la suya antes de rodearle los hombros con un brazo y tomarla de la barbilla con la otra mano.

–Mi diosa, mi leona... ¿No te das cuenta de que es a ti a quien quiero, que todo lo demás me da igual? Aunque te pusieses oronda como una ballena, no te querría ni un ápice menos.

–Mira que te tomo la palabra... –bromeó ella, aunque le temblaba la voz y se le habían humedecido los ojos.

¡Qué afortunada era! Sí, era la mujer con más suerte del mundo porque alguien tan maravilloso como Max la amaba.

Él la besó de nuevo, y aquel beso, que empezó siendo tierno y afectuoso, se tornó pronto sensual y apasionado. Cada vez más apasionado. Max tiró suavemente de Ellen y quedaron tumbados el uno junto al otro, bañados por el sol del atardecer mientras el deseo se apoderaba de ellos, un deseo que era la manifestación tangible de un amor sin fin, un amor que los mantendría unidos durante el resto de sus vidas...